ＳＬ銀河よ飛べ!!

西村京太郎

KODANSHA NOVELS
講談社ノベルス

カバー写真＝(C)BUD international / amanaimages
カバーデザイン＝岩郷重力
ブックデザイン＝熊谷博人・釜津典之
地図制作＝ジェイ・マップ

目次

梓特別攻撃隊行動図

日本海
朝鮮
黄海
東京
香取
呉
豊橋
横須賀
佐世保
日本
天候偵察機
飛行経路
鹿屋
宮崎
佐田岬
南西諸島
誘導一番機
撃墜される
小笠原諸島
父島
母島
沖縄
南大東島
台北
台湾
硫黄島
屏東
高雄
梓特別攻撃隊
昭和20.3.11
鹿屋→ウルシー環礁
（無着陸）
飛行距離:約1570浬
（約2930km）
沖ノ鳥島
マリアナ諸島
ルソン島
フィリピン諸島
太平洋
マニラ
サイパン島
テニアン島
グアム島
ヤップ島
トラック環礁
ウルシー環礁
メレヨン島
パラオ諸島
ペリリュー島
クッルー
ダバオ
「彩雲」偵察機飛行経路
ミンダナオ島
メナド
ハルマヘラ
赤道
セレベス島
ハーミット諸島
マノクワリ
アドミラルティ諸島
セラム島
ホーランジア
バボ
カビエン
ナムレア
ブラ
ウエワク
ビスマルク諸島
アンボン
ラバウル
マダン
ニューギニア
ラエ
ニューブリテン島
サラモア
0
500km
0
100
200 浬
N

第一章　梓《あずさ》特別攻撃隊

1

城戸秀明《きどひであき》は、N大を卒業すると、希望通りRエレクトリックに入社した。

その時、N大の同窓で、同じ物理化合を学んだ二人の親友も、同じく、Rエレクトリックに入っている。

岡田光長《おかだみつなが》と、小松《こまつ》かおりである。三人は、両親も親密だった。その親密さには、少しばかり変った理由があったが、子供たちの就職には、別に邪魔になる筈《はず》はないと、思われていた。

三人が入社して二年目に、アメリカのシリコンバレーに研究所が作られた。Rエレクトリックサンフランシスコ研究所である。

本来なら、日本に研究所を作るべきだが、大企業は、どこも日本には作らず、アメリカに作る。理由ははっきりしている。日本に研究所を作っても、世界の若い研究者が集まらないからである。

第一は、日本の若い研究者の不足である。日本の企業は、研究部門に金をかけない。出すとしても、それは成功が約束されたような研究あるいは、成功した研究に対してである。

ただ単に面白いというだけの研究や、時代に先行する研究だけでは、日本の企業は金を出さない。

その点、アメリカ（シリコンバレー）は、大きく違うのだ。

シリコンバレーでは、必ずしも、成功・不成功がわからなくても、時代に先行するような研究には、喜んで金を出す。失敗してもそれを問題にしない。シリコンバレーで成功した企業でも、大抵は二、三回は失敗しているといわれている。つまり、研究部門そのものに金を出すから、若い才能のある研究者が集まってくる。その差があるから、日本の企業が、国内に研究所を作っても、才能ある若手の研究者が集まらない。そこで仕方なく、Ｒエレクトリックでは、シリコンバレーに研究所を設けた。

シリコンバレーに進出したＲエレクトリックのモットーは、現地アメリカに合わせて「フリーハンドで次世代のＡＩ研究」である。何よりも研究の自由を大きく掲げた。それが良かったか、すぐＲエレクトリックの研究所に投資しようというアメリカのファンドが現れた。

その投資金額は、予想をはるかに上まわるもので、たちまち研究所の規模は大きくなり、優秀な若手の研究者が現地で集まるようになった。気を良くしたＲエレクトリックは、本社からも何人かの若手研究者を派遣させる事にした。希望者が募られ、城戸秀明は、岡田光長、小松かおりと一緒に志願した。

会社の方でもこの三人については元々期待を持っていたから、すぐ渡航手続きが取られた。それなのに、何故《なぜ》か渡航二日前になって問題が生じたのである。

三人は人事部長に呼ばれて、

「何故かわからないが、向こうの研究所に大金を出資したファンドから、君たち三人について経歴を調べてくれという要望があったんだ」

と、いわれた。

「それなら簡単な履歴書を書きますよ」

と、城戸がいうと、

「それがだね、何故か知らないが君たちの父親、祖父と、三代に亘る家系について、どんな事をしていたか、どういう仕事に就いていたか、家庭環境はどうだったか、そうした事を全て調べて、報告して欲しいという要望だよ。だから君たちの父親は勿論、祖父についても調べて書き出してもらいたいんだ」

と、人事部長がいうのである。

「何故、そんな事まで向こうがいってきたんでしょうか？」

岡田がきいた。その質問に対して人事部長がこんなことをいった。

「私も戦後生まれで、太平洋戦争については知らないんだが、外国人特にアメリカ人なんかは、今でも太平洋戦争について忘れていないし、研究をしている。特に家族が日本兵に殺されたり、捕虜になり酷《ひど》い目に遭ったりした人たちは今でも日本人、特に、日本兵に対して様々な思いを持っているといわれている。たぶん、今回我が社の研究所に、資本を投資する事を決めたアメリカのファンドの中にも、そういう拘《こだわ》りを持つアメリカ人がいるんじゃないか。だとすると、アメリカファンドが投資する研究所にやってくる日本人研究者の中にも、そういう太平洋戦争関係者の子孫がいるんじゃないか。それが気になって調べたいと思っているんじゃないか、そう思うんだよ。だから君たちには、申し訳ないが、祖父の代まで調べて、太平洋戦争とどう関係があるのか、詳細に調べて報告して貰いたいんだ」

と、人事部長が、いった。

2

現在、城戸は都内のマンションで一人暮らしだが、久し振りに父の和明《かずあき》に会った。現在七十七歳。元気である。

「そういえばお父さんは、あんまり戦争の話をしてくれないね」

秀明がいうと、父の和明は笑って、

「終戦の時、私は二歳だからねぇ。戦中派といっても、戦争についてほとんど覚えていないんだ。だから話そうとしてもお前に話す事が無い」

と、いう。

「じゃあお父さんから、つまり僕のお祖父《じい》さんから色々と太平洋戦争の話は聞いたんじゃないの？」

「それが聞けなかったんだ。実は父さん、お前のお祖父さんだが雅明《まさあき》という名前でね。終戦の年、昭和二十年三月に死んでるんだよ」

と、父はいう。

「死んだって、戦争で死んだの？」

「ああ、そうだ」

「どんな死に方をしたの？」

「特攻で死んだ。特別攻撃隊だよ。海軍の飛行隊員で、今いった様に終戦の五ヵ月前の昭和二十年三月十一日に特攻で死んでいる」

と、父はいった。

「海軍の特攻隊といえば、神風《しんぷう》特別攻撃隊ですか？」

「いや、違う。祖父が所属していたのは、『梓特別攻撃隊』だよ」

「梓って何ですか？」

秀明がきく。物理化学には詳しくても、日本の古い言葉には、知識がない。父は、笑って、

「私も知らなかった。梓というのは、昔から呪術的な力を持つといわれる。梓弓という名前の弓矢がある。何か特別にやりとげようとする時には、この梓弓で的を射る。そうすると、不思議な力を発揮することが出来たといわれるんだよ。私の父、お前から見れば、祖父だが、終戦直前の昭和二十年三月十一日に梓特別攻撃隊の一員として死んでいる」

「まだ、梓特攻隊というのが、よくわからないんですが」

と、秀明は、いった。

「どう話したらいいかね。昔、楠木《くすのき》正行《まさつら》という武将がいた」

「楠木正成《まさしげ》なら知っていますが、正行というのは知りませんが」

「実は、私も知らなかった」

と、いって、父は、また笑ってから、

「亡くなった父が、何故、特攻隊員になったのか、何故、神風特攻隊ではなくて、梓特攻隊と名付けられたのかを知りたくて、いろいろと調べてみたことがある。戦争中、軍人の間では、『大楠公精神《だいなんこうせいしん》』という言葉が、よく口にされた。特に、特攻が生まれた頃は、誰もが大楠公精神で戦えといわれたらしい」

「楠木正成の精神ということですか?」

「そうだよ。特に特攻については、大楠公精神ということが、よくいわれた。大楠公精神で行けとかね」

「特攻で死んで行ったのは、皆、若い青年たちでしょう?」

「十七歳の少年もいる」

「その若者たちと、軍略家だった楠木正成とは、年齢が、違いすぎるんじゃありませんか。十七歳の特攻隊員に大楠公精神が、理解できるとは、思えませんが」

「楠木正成が生きた時代は、南北朝時代といわれた」

「それは、知っていますよ。高校時代、歴史で勉強しましたからね。朝廷が、南朝と、北朝に分かれて闘った。南朝の英雄が、楠木正成で、北朝の英雄が、足利尊氏《あしかがたかうじ》でしょう」

「最初、楠木正成の南朝側が勝利したが、九州に逃げた足利尊氏は、十万の大軍を擁して京都へ攻め上ってきた。南朝側としてはとても勝てる相手じゃない。それでも、楠木正成は後醍醐《ごだいご》天皇に足利尊氏を神戸の湊川《みなとがわ》で迎え撃てと命令されると、わずか、三百余人の一族郎党を連れて、出陣する。相手は、十万。死を覚悟し、天皇の命令に従って出陣する。これを大楠公精神といって、特攻隊の精神でもあるといわれたんだ」

「まだ、楠木正行が、出て来ませんよ。梓も」

「楠木正行は、正成の息子で、この時、一緒に出陣し、死んでいる。その正行が、出陣に際して、詠《うた》った歌があるんだ」

そういって、父の和明は、メモ用紙に、歌一首を書いて、秀明に示した。

「かえらじと　かねて思えば梓弓
　なき数にいる　名をぞとどむる」

「これが、梓特別攻撃隊の名称になったといわれている」

「祖父は、梓特攻隊の一員として、他の特攻隊員と同じく、あのゼロ戦に、二五〇キロ爆弾を積んで、フィリッピンか、沖縄でアメリカの軍艦に体当りして亡くなったんですね？」

「いや、ゼロ戦じゃない」

「しかし、私が読んだ、海軍の神風特攻隊はたいていゼロ戦に、二五〇キロ爆弾ですよ」

「父が乗ったのは、ゼロ戦じゃなく『銀河』という軽爆撃機だ」

「それで、フィリッピンのレイテですか？」

「いや、それも違う」

「じゃあ、沖縄ですね」

「沖縄でもない」

父の和明は、何となく、息子の秀明をからかう感じだった。楽しそうだ。

「じゃあ、何処に、特攻したんですか？」

「実は、死後亡くなった母、お前の祖母が、一枚だけ、大事にしていた写真があったんだ。私も見せて貰えなかったんだが、母の遺品を整理していて、見つけた」

父は、そういって、額に入った写真を、秀明に見せてくれた。

シロクロの古い写真である。

双発の飛行機の前で、飛行服の三人の若者が前方を睨《にら》んでいた。

どの顔も全く笑っていない。

「梓特別攻撃隊　第X番機」

と書き込みがあった。そのインクも、かすれていた。

「背後が、問題の海軍陸上爆撃機銀河だよ」

と、父が、いった。

「前に、パイロットが三人いるから、三人乗りですね？」

「操縦、偵察、電信の三人だ」

「一番右が、祖父でしょう。何かの写真で見たことがある」

と、秀明は、いってから、急に、眼を光らせて、

「ひょっとすると、他の二人は、岡田光長と、小松かおりの祖父じゃありませんか？」

「裏に、その名前が書いてあるよ」

と、父は、いった。

裏を返すと、最初に眼に入ったのは、三人の名前ではなく、祖父、雅明の言葉だった。

「昨日、記念写真を撮った。いよいよ、出撃する。死は怖くないが、君のことが気がかりだ。

二歳になったばかりの和明のことを頼む。

佐渡子《さとこ》へ

雅明」

そのあとで、三人の名前の方に、眼がいった。

操縦　城戸雅明　22　海軍少尉
偵察　岡田光一郎《こういちろう》　21　海軍上飛曹
電信　小松正之《まさゆき》　20　海軍上飛曹

（やっぱり）

と、秀明は、思った。

岡田家と、小松家、秀明は、父の代からの知り合いだと聞かされていた。

今も、秀明たちは、昔から東京に住み、父は、大手のK商社のサラリーマン。局長で停年退職したが、七十七歳になった今も、元気一杯で、経営コンサルタントの仕事をしている。

岡田家は、代々、富山市内で、漢方薬の店をやっている。商社員だった秀明の父とは、妙な取り合せだが、それでも、父同士が親友だと、秀明は聞いていた。

もう一つの小松家は、京都に住み、代々、西陣で、伝統の織物の家だった。小松家とも、自分の家とは、妙な取り合せだと、秀明は、思っていた。

それでも、三家族は、よく、往き来をし、一緒に、旅行先で、新年を迎えたりしていた。その旅行先は、何といっても、京都が多く、学生時代、秀明は、何回か、新年を京都で迎えている。

父の和明は、戦後の苦しい時代を、一時、三人で一緒に働いていたことがあり、そのあと、東京、富山、京都に分かれて家庭を持つようになってからも、引き続き、親しくつき合ってきたと、秀明に、話していた。

しかし、秀明は、高校二年ぐらいの頃から、自分の家が、富山の岡田家や、京都の小松家と親しいのは、父の代からではなく、祖父の頃からではないかと、考えるようになった。

父は、祖父のことをあまり話さず、ただ、二十代で、太平洋戦争で死んだとしか、秀明は、聞いてなかったが、富山の岡田家、京都の小松家の人たちと、親しくつき合う中に、両家の祖父に当る人も、二十代で、太平洋戦争で死んだと聞かされた。

そうなると、秀明は、彼等三人が、戦友だったのではないかと、考えるようになっていた。

太平洋の何処《どこ》か同じ戦線で、戦死したのではないか。

ひょっとするとそれも、同じ部隊で、同じ作戦で死んだのではないか。

そんな風に、考えるようになっていった。

高校卒業後、秀明が、東京のN大に入ると、岡田家の長男、岡田光長と、小松家の長女かおりが、同じN大の物理に入ったことで、三代目の子供たちに関係が生まれた。

大学でも、秀明たち三人は、親しくし、同じ、N大近くのマンションに住むようになった。

三人とも、自分たちの家同士のつながりは、太平洋戦争の時の戦友で、始まったに違いないということで一致した。

三人の一人、小松かおりが、

「祖父たちは、戦争末期、海軍の特攻で死んだみたい。父が、昭和二十年三月十一日に、三人とも出撃して亡くなったといっていたから」

と、話したことで、秀明の確信は、一層強くなった。

しかし、それまで海軍航空特攻というと、神風特別攻撃隊の名前と、ゼロ戦に二五〇キロ爆弾を積んでの出撃が、秀明の頭に、インプットされていた。

その後、雑誌やテレビなどで、日本海軍の特攻について、記事を読んだり写真を見たりしていく中で、頭の中の知識は、増えていったが、どうしても、片寄ったものになっていった。

海軍の特攻基地なら、九州・鹿児島の鹿屋《かのや》基地。神風特別攻撃隊といえば、敷島《しきしま》隊の関《せき》大尉。そしてゼロ戦。

特攻の生みの親といえば、大西《おおにし》中将。彼は終戦の時、責任を取って、自決した。

特攻に使用された機種は、さまざまだということもわかってきた。

陸海軍共、特攻専門機を考え戦争末期に作りあげた。その代表的なものが、ロケット推進の「桜花《おうか》」である。火薬ロケットで、時速千キロ近い。それを、特攻隊員が操縦して、敵艦に体当りするのだが、直進しか出来ないから航続距離が短いこともあって、敵艦の近くまで、爆撃機に吊り下げて、運ばなければならない。それが最大の欠点だった。

飛行機不足から、練習機を使用したこともある。

が、何といっても、秀明が、よく知っているのはゼロ戦である。

従って、祖父も、二五〇キロ爆弾を積んだゼロ戦で、敵艦に突っ込んだのだろうと、勝手に信じていたのである。

3

秀明は、もう一度、写真に眼をやった。

そこに写っているのは、単発のゼロ戦ではなく、もっと大きな双発の爆撃機である。

そして、乗組員も一人ではなく、三人なのだ。

「海軍陸上爆撃機銀河でしたね」

と、秀明は、いった。

「そうだよ。昭和十九年に制式採用された優秀な三人乗りの軽爆撃機だった」

「それを特攻機にして、沖縄に出撃したんじゃないんですか？」
「目標は、ウルシー環礁だ」
「ウルシーって、何処ですか？」
「世界地図を見れば、わかる」
父の和明は、折りたたんだ世界地図を持ち出して、秀明の前に広げた。
「南太平洋、サイパンと、フィリッピンの真ん中あたりだ」
と、父が、いう。
赤道の近くに、小さな島々が、ばらまかれたように、存在する。
サイパン島、テニアン島などのマリアナ諸島
トラック諸島
ヤップ島
西カロリン諸島
メレヨン島
ペリリュー島
そして、ウルシー環礁
島々の中でも、ウルシーは、小さい。
「日本から、ずいぶん遠いですね」
「九州の鹿屋基地から、約一五七〇カイリ、約二九三〇キロ。ゼロ戦でも遠すぎるので、もっと航続距離の長い、爆弾搭載量も多い、銀河が、選ばれた」
と、和明が、いった。
「よく調べましたね」
「特攻、特に、梓特別攻撃隊について、調べたくなった時期があってね。その時、関係のある本や、資料などを集めたんだ」
「私には、何も話してくれませんでしたね」
「お前は、完全な戦後生まれ、育ちだ。戦争も知らなければ、戦闘も知らない。話しても、完全な理解は、無理だろうと思ってね」
「特攻機銀河と、南太平洋のウルシー環礁ですか。

ロマンチックで、戦争らしくありませんね。ウルシー環礁に、何があったんですか？」

「アメリカの海軍基地があった」

父は、ウルシー環礁の図を見せてくれた。

約四十の小さな島々が、ほぼ、円形に並び、その中央に、自然の良港を作っている。その大きさは、南北三〇キロ、東西一六キロ。

当時、アメリカの大機動部隊は、日本本土の周辺を、艦載機を飛ばして、攻撃を続けていた。

搭載機数は、千機以上。無敵の機動部隊である。沖縄を襲い、日本海軍の特攻基地を爆撃し、次には、太平洋岸を北に進み、釜石《かまいし》も爆撃した。

日本海軍は、切歯扼腕《やくわん》したが、太刀打ちできない。何しろ相手は世界一の大機動部隊である。

こちらは、航空機の性能も数も劣るし、パイロットの腕も違う。正面から攻撃して、敵《かな》う相手ではなかった。

この頃、アメリカ機動部隊は、日本本土を連続攻撃したあと、ひと息つくために、南太平洋の基地のあるウルシー環礁に、戻っていた。

アメリカの大機動部隊が、この小さな環礁の中で、休息をとるのである。

ウルシー環礁の周辺の地図を見ると、この時点で、まだ日本軍が占領している島々が、点在していた。

一番近くにヤップ島、
東にメレヨン島、
そして、更に東にはトラック環礁。

特に、トラック環礁は、日本連合艦隊の巨大な基地があった環礁である。

その近くに、アメリカ大機動部隊の基地があるのだ。

すでに、太平洋の制空制海権とも、完全にアメリ力に握られていたから、平気で、こんな傍若無人なことが、出来たのである。

特に、トラック環礁には、あの戦艦大和、武蔵も、停泊し、司令長官の山本五十六《やまもといそろく》も、ここにいたことがあるのだが、日本連合艦隊が壊滅したあとは、連合艦隊司令部も、瀬戸内海の呉《くれ》に退いてしまっていた。

それでも、日本海軍が、ただ指を咥《くわ》えて見ていたわけではなかった。

数機の海軍偵察機「彩雲《さいうん》」を、トラック環礁や、ヤップ島に置き、しばしば、ウルシー環礁に集まるアメリカ機動部隊の写真を撮り、それを、連合艦隊司令部に報告していた。

その間もウルシーを基地とするアメリカ機動部隊はわがもの顔に、日本本土周辺を荒し続けていたのである。

南は九州から、北は釜石まで、艦載機が大挙して、攻撃し廻っている。

マリアナ沖では、最後の日米機動部隊同士の戦いが行われたのだが、日本側の惨敗に終った。

正面から勝負できないとなれば、残るのは、ウルシー環礁に停泊中のアメリカ機動部隊に対して特別攻撃隊を、ぶつける方法である。

昭和二十年二月十七日。

連合艦隊は、日本近海で行動中の米機動部隊が、ウルシーに帰投するときを狙っての「第二次攻撃作戦」を発動した。

一、第一機動基地航空部隊指揮官ハ麾下《きか》兵力中銀河二十四機ヲ基幹トスル特別攻撃隊ヲ編成シPU（ウルシー）挺身攻撃ヲ準備セシムベシ
二、実施時期ハ、敵機動部隊ノ帰投在泊時ニ投ズルモノトシ特令ス
三、遮撃航路ハ左ニヨル

第一案　九州―沖縄―PU（ウルシー）
第二案　関東―NMK（南鳥島）―PT（トラック）―PU（ウルシー）
四、事前の偵察及戦果偵察ハ内南洋部隊彩雲隊ヲシテ協力セシム
五、本作戦ヲ「丹《たん》」作戦（第二次）ト呼称ス

第二次丹作戦の名前にしたのは、前にも、同じような計画があり、第一次「丹」作戦と、呼ばれていたからである。

特別攻撃隊は、もちろん、この作戦が初めてではない。

前年の昭和十九年十月から、海軍の「神風特別攻撃隊」は、実行されていた。

ゼロ戦に、二五〇キロ爆弾を積み込んで、アメリカ艦船に体当りする。「決死」が、「必死」に変った瞬間である。

最初の「神風特別攻撃隊」は、関海軍大尉を隊長とする五機の敷島隊だった。

五機で、アメリカ艦船五隻を沈没、或《ある》いは大破させるという大成果をあげたために、特攻機による攻撃は、常態になり、陸軍も、海軍にならった。

従って、このウルシー特別攻撃が計画された時も、もちろん、九州を基地とする、陸海軍の特別攻撃隊は、休まず、実行されていたのである。

ただ、今までと異なることが、二つあった。

その一つは、距離である。

南九州の海・陸空軍基地から、沖縄までは五、六百キロ。

単発、一人乗りのゼロ戦や、隼《はやぶさ》でも、十分に届く距離である。

しかし、赤道近くのウルシー環礁まで、南九州の基地から、三〇〇〇キロ。とても単発機で飛べる距離ではない。

もう一つの問題は、ウルシー環礁が、広大な南太平洋の中にあることだった。

いかに、海軍のパイロットといえども、南九州から、正確に、ウルシー環礁まで飛べる自信は、持てなかった。従って、特別攻撃隊を、ウルシー環礁まで、正しく案内する先導機が、必要だった。

4

「何も知りませんでした」

と、秀明は父に向かって、正直に、いった。

「もちろん、祖父が、太平洋戦争で死んだことは知っていましたよ。だが、突きつめていけば、自分とは関係ない。何しろ、戦争が終って、もう七十五年も経っていますからね。私自身は、現代に生きているわけですから、経験したことのない戦争の時より、現代に興味を持つのが、当然だと思っています」

「そこが、私と違う点だね。私は、戦争の時代と、平和の時代の二つの時代を生きてきたからね」

「しかし、わずか四年間でしょう。太平洋戦争の時代は」

「そうだよ。その中の二年間だが、私は、戦争の時代を過ごしている。終戦から数年間は、敗戦の影響で、ひどい生活だった。何も無いんだからね。食べるものも、着るものも、仕事もないんだ。特に食糧難は大変だった。もともと、日本は、食糧の自給率が低いから、配給だけでは、足りないのはわかっているんだ。そのため戦後、裁判官の中には配給だけで生活して、飢えて死んだ人がいた。そんな生活の中で、育ったから、どうしても、戦争を意識する。考えてみれば、特攻で死んだ父よりも、二歳の私を育てる母の方が、大変だったと思うよ。それに母は、二歳の私を背負って、B29の爆撃の中を、逃げ廻った経験も持っていた」

父の話は、戦争のことになると、止まらなくなる。そこが不思議だった。戦争は嫌いだという。が何故か楽しそうに話すのだ。

その点、秀明の方は、簡単だ。戦争について聞かれても、

「体験していないから、わからない」

で簡単にすませてしまうし、しまえる。

「それに――」

と、父は続ける。

「今度、お前が、アメリカのシリコンバレーにある研究所に行くことになったので、父の特攻について、調べてみることにしたんだ。アメリカ人と、直接、話をするチャンスが増えるわけだ。特攻について、お前が、アメリカ人に聞かれることもあるだろうからな」

「しかし、アメリカだって、戦後七十五年ですよ」

「だから、過去に拘らず、未来を考えましょうか」

と、父は、笑って、

「私も、外国人と仕事の話をする時には、同じことをよくいったよ。特に、私の父が特攻隊員だし、外国人が、日本の特攻について、どう考えているかわからないからね」

「それで、どうなるんですか?」

「しかし、過去は水に流して、未来のことだけ話しましょうというのは、日本人だけなんだ」

「何故、そうなるんです?」

「われわれ日本人は、過去を忘れてとか、昔のことを忘れてとか、軽くいうが、実際には、『歴史』のことをいってるんだ。それなのに、歴史を忘れてとか、歴史を水に流してとはいわずに、過去をという。実際には、過去の歴史を忘れようというのだから、外国人が、同意しないのは、当然だよ。韓国に、歴史認識の差について文句をいわれたりするの

だ。今回、お前がアメリカに行けば、日本のあの特攻隊員の孫と知って、特攻について、聞いてくる可能性は、十分にある。その時、お前が、何も知らなくて、答えられないのでは困ると思って、父がどんな特攻で死んだのか、調べてみることにしたんだ。私だけじゃなく、岡田家と、小松家でも、同じ思いで、梓特攻隊について調べ始めている」

「それで、祖父たちの特攻が、太平洋のウルシー環礁に停泊しているアメリカ機動部隊を狙っての梓特別攻撃隊ということは、わかりましたが、使用される飛行機が、『銀河』という名前で、ゼロ戦みたいに、優秀な飛行機だったんですか?」

と、秀明がきいた。

「この爆撃機『銀河』が無かったら、この特攻計画は立てられなかったといわれている」

父は、奥から、今まで匿《かく》していた資料や本を、一挙に持ち出してきた。

その中から、海軍陸上爆撃機「銀河」の何枚もの写真と、設計図を、秀明に見せてくれた。

「それまで、日本海軍が持っていた最良の爆撃機といえば、一式陸上攻撃機だった。双発だが、四発に負けない航続距離を持っていた。速度もそこそこに出る。ただ、この一式陸攻は、欠点が二つあった。一つは、中型爆撃機なのに、八人もの搭乗員が、必要なことだ。

そのため、一機が撃墜されると、八人もの優秀な搭乗員が失われてしまう。第二の欠点は更に致命的で、機体を軽くするために、防禦《ぼうぎょ》の方はゼロに近かった。主翼に、ガソリンタンクを内蔵しているんだが、タンクを、ゴムで蔽《おお》うこともせず、むき出しなので弾丸が命中すれば、簡単に発火した。そのために、アメリカ軍から、瞬間ライターと呼ばれていた。これでは、三〇〇〇キロを超える特攻には、とても使えない」

「それで、銀河ですか?」

「もちろん、銀河は、最初から、特攻機として計画され、製造されたわけじゃない。昭和十四年末、まだ太平洋戦争開始前に、海軍航空技術廠(空技廠)で、Y20としてスタートした。昭和十六年三月十五日、試作一号機が完成した。

六月末には、三百時間の第一次耐久試験が終了したが、問題は発動機だった。

ゼロ戦のエンジンは、空冷で、一〇〇〇馬力クラスだった。軽戦闘機のゼロ戦には、それで、十分だったが、世界は重戦闘機、二〇〇〇馬力の時代に突入していた。

アメリカのグラマンF6F、サンダーボルトP47、ノースアメリカンF51などは、全て重武装、高速、重防禦で、重くなった機体を引っ張るために、二〇〇〇馬力のエンジンを必要とした。

太平洋戦争の初期は、一機対一機の格闘戦で、軽く、小廻りのきく、ゼロ戦が有利だったが、それが、編隊対編隊の戦いになると、重武装で、スピードに勝り、防禦が厚い方が、優利である。

ゼロ戦は、防禦を犠牲にしてスピードと航続距離が勝《すぐ》れた戦闘機だが、それでも、スピードは最後まで、時速六〇〇キロを超えることが出来なかった。

二〇〇〇馬力のエンジンがあれば、可能なことは、誰にもわかっていた。アメリカの新しい戦闘機は、全て二〇〇〇馬力の新エンジンをつけていた。

その二〇〇〇馬力のエンジンが、日本ではなかなか作れなかった。中島飛行機の「誉《ほまれ》」エンジン二〇〇〇馬力級が出来あがったのが、昭和十七年九月である。しかし、工業水準が低いため、故障が多く、制式に採用されたのは、実に、昭和十九年二月になってからである。しかも、なかなか完全なものが出来ず、一一型、一二型となり、二一型が完成したのは、十九年の九月、戦争末期になってである。

この二〇〇〇馬力の誉二一型エンジンをつけた、海軍陸上爆撃機「銀河」が、制式に採用されたのは、更に遅れて昭和十九年十月だった。

それでも性能は、満足できるものだった。

テスト飛行で出した最大速度五六六キロは、ゼロ戦に匹敵し、急降下の制限速度は、七〇四キロに達した。ゼロ戦は、六〇〇キロ以上のスピードで、急降下すると、機体が破壊する危険があった。更に、銀河の航続距離は、一九〇〇キロ、増槽タンクをつければ、一万二〇〇〇キロを飛べる。爆弾搭載量も、一式陸攻に匹敵し、八人に対して三人のパイロットで爆撃が可能だった。

父は、デスクトップと呼ばれる、三十二分の一の木製の模型を秀明に初めて見せた。

「どうだ。細身の、いかにも性能の良さそうな爆撃機だろう」

「それなのに、本来の目的、爆撃に使わずになぜ、特攻に、使ったんですか?」

と、秀明は当然の疑問を口にした。

「その誕生がいかにも、遅すぎたということだ。それに、生産機数が、千機二千機と多ければ、特攻の必要もなかったかも知れない。一トン爆弾を積んで、急降下爆撃が可能だったわけだからね。生産機数が、少かったし、B29の本土爆撃で工場がやられて、更に生産が少くなっていったから、特攻に使わざるを得なかったんだと思う。

逆に考えれば、銀河が、あったからこそ、ウルシー環礁への特攻計画が立てられたんだと思う」

父は、太平洋の地図の上に、赤エンピツで線を引いていった。

九州・鹿児島の鹿屋基地から、ウルシー環礁までのルートである。

鹿屋——南大東島——沖ノ鳥島——ヤップ島——

ウルシー環礁

梓特別攻撃隊三〇〇〇キロの出撃なのだ。

「二十四機の銀河には、先導機が、ついた。何しろ、太平洋上を、三〇〇〇キロも、飛ぶわけだからね。そこで、日本軍用機の中で、もっとも大型だった川西二式大型飛行艇二機が、用意された。主に、海上の捜索に当るために作られた飛行機で、四発、十二人搭乗だ」

父は、その飛行艇の写真や、三面図も、手に入れていて、秀明に説明してくれた。

全幅　三八・〇〇メートル
全長　二八・一三メートル
全高　九・一五メートル
自重　一八二〇〇キログラム
エンジン　火星二二型　一六八〇馬力×四
最大速度　二五二ノット／五〇〇〇メートル

写真を見ても、大きいし、数字を見ても、大型機であることはわかるが、秀明には、ピンと来なかった。すでに、実物は存在しないし、彼のまわりで見かける飛行機は、全て、ジェット機で、プロペラ機ではなかったからである。

父や、父より年長者は、よく、B29による爆撃で、火災に追われて、逃げ廻った話をする。彼等の記憶の中で、B29と、空襲と、逃げることが、つながっているのだろうが、この話も、秀明には、ピンと来ないのだ。先日、父がB29の写真を、じっと、眺めているので、

「何ですか？　その飛行機は」

と、聞いて、

「バカ。これが、B29だ」

と、怒られてしまい、このあと、父は、小さな溜

息をついて、

「とうとう、B29を知らない世代になってしまったか」

と、いったのである。

今日も、ウルシー環礁までの三〇〇〇キロ飛行を聞いても、ピンと来ないので、

「それで、梓特別攻撃隊は、成功したんですか?」

と、単刀直入に、きいてみた。

父は、一瞬、むっとしたようだったが、

「特攻というのは、敵を攻撃したあと、帰還して、戦果を報告することはない。体当り即死だからね。それに、三〇〇〇キロという長距離攻撃だから、掩《えん》護《ご》機がつくことがない。従って、突入写真もない」

「じゃあ、どうやって、梓特別攻撃隊の戦果を調べるんですか?」

「アメリカ側の被害報告しかない。幸い、ウルシー環礁のアメリカ軍の被害報告も、写真もあったので、戦後、梓特別攻撃隊の戦果が、どれほどのものだったか確認されている」

「それを、教えて下さい。ぜひ、知りたい」

と、秀明が、いった。

「その途中は、知りたくないのか?」

「途中って、何です?」

「昭和二十年三月十一日、二機の大型飛行艇に先導された二十四機の銀河が、三〇〇〇キロ彼方のウルシー環礁に向かって、南鹿児島の海軍基地を出発した。その途中の様子は、逐次報告されているから、よく分かっている。その様子だよ。もちろん、うちの祖父、城戸雅明、それに、岡田家の岡田光一郎、小松家の小松正之の搭乗する銀河X番機も、参加している。彼等が、どれほど苦労して、ウルシー環礁に辿《たど》り着いたのか、知りたくないのか?」

「もちろん、知りたいですが、まず、梓特別攻撃隊の戦果を、知りたいんです」

と、秀明は、繰り返した。

「せっかちな男だな」

と、父は、眉を寄せたが、それでも、最近集めた梓特別攻撃隊の戦果を示すアメリカ側の写真や、米軍発表の記事を、見せてくれた。

「この時、ウルシー環礁には、スプルーアンス提督の率いるアメリカ海軍の第五機動部隊が、日本本土の攻撃から帰投していた。三月九日だ。そして、三月十四日には、再び、出港することになっていた」

父が、アメリカ側の資料を見ながら、説明してくれた。

「この時ウルシーには、空母としては、エセックス、バンカーヒル、ランドルフ、カボットの四隻、戦艦はニュージャージー、サウスダコタの二隻、重巡が、パサディナ、スプリングフィールド、アストリア、ウイリクスバレー、インディアナポリスの五隻、それに駆逐艦の三部隊という大部隊が停泊中だった」

「日本側の得ていた情報は、正しかったわけですね」

「そうだ。正しかった。だから、三月十一日の早朝、梓特別攻撃隊の銀河二十四機が、鹿児島の鹿屋基地から出撃した。三〇〇〇キロを飛び、同日夕方にウルシーに到着し、『全機突入セヨ』の命令が発せられることになっていた」

「狭い湾内に、獲物の空母や戦艦が、ひしめいているわけでしょう。よりどりみどりじゃありませんか」

戦争を知らない秀明の言葉は、どうしても軽くなる。

「戦争だからね。お前のいうようには、簡単ではないんだよ」

「それはわかりますよ。アメリカは、レーダーを搭載しているから、梓特別攻撃隊が、近づくのを知っていて、戦闘機を飛ばして迎え討ったろうし、対空砲火も、すさまじかったとは思いますが」

「最大の問題は、梓特別攻撃隊のウルシー到着時刻だった」

と、父は、いう。

「到着時刻――ですか?」

戦争を知らない秀明には、すぐには、理解できない。

「計画では、三月十一日の薄暮の時刻に、ウルシー環礁に到着することになっていた。特攻だからね。近代的なレーダー爆撃なら、夜間でも、爆撃できる。しかし、特攻というのは、目標をはっきりと眼で確認してから、体当りする。それが、特攻なんだ。薄暮なら、目標の艦船は、うす明りの中に、黒々と浮かび上って見える。逆に近づく特攻機は見えにくいから、薄暮は絶好の時間なんだ。ところが、到着時刻がおくれて、夕ぐれに近くなってしまった。アメリカ軍の方は、特攻機が近づくのを知って、艦船も、陸上基地も、厳重な灯火管制を敷《し》いたから、特攻機が近づく頃には、ウルシー環礁は真っ暗な闇に包まれてしまった」

「じゃあ、攻撃は、失敗したんですね」

「失敗を期待しているいい方だな」

「双方に死者が出なかったのなら、安心して、アメリカにある研究所に行けますから」

「梓特攻隊は、死ぬ覚悟の部隊で、片道の燃料しか積んでいないから、不利な状況だったが、『全機突入セヨ』の命令を出して、各自、はっきり見えぬ目標に向かって、体当り攻撃に入った」

「その中に、祖父たち三人の乗る銀河も、入っているわけですね」

「ああ、梓特攻隊の生存者の中に、名前はないからな」

「それで、アメリカ側に、どのくらいの損害を与えたんですか？　死者は、何人だったんですか？」

と、秀明が、きいた。

最初の質問の時に比べて、気持の差があった。祖父たち三人が、特攻で死んでいるのだという思いが、頭の隅に、はっきりと、あったからだった。アメリカ人の死者がゼロであって欲しい気持は変らないのだが、同時に、特攻死した祖父たちが、戦果をあげていてくれたらいいという気持にも、なっていたのだ。不思議な気分だった。

父は、慎重に資料に眼をやってから、

「梓特別攻撃隊によるアメリカ側の被害報告は二つだ。空母ランドルフと、陸上基地が、体当り攻撃を受けて、被害があったという報告で、ランドルフの方が、被害が大きくて、何通りもの報告が出ている。ここにあるのは三通だが、その一通を聞かせてやる」

◎空母ランドルフのアクションレポート
三月十一日
本日の日の出〇六五一（午前六時五十一分）（日本時間五時五十一分、以下同）
二〇〇〇（一九〇〇）
天候概ね晴、低空に積乱雲、雲量四、雲高五千フィート、視界五マイル、非常に暗い。ランドルフの全レーダーは安定しているが、ＣＩＣ（戦闘情報センター）によって整備中。必要なら稼動可。
二〇〇五（一九〇五）
ウルシー環礁司令官より、全艦船に対して、空襲警報が発令された
二〇〇七（一九〇七）
「ランドルフ」は、日本海軍の双発爆撃機フランシス（銀河のアメリカ側の名称）による攻撃を受けた。日本機は百二十から百四十度の方位から低高度を高速で接近してきた。突入角度は非常に浅

く、船尾から約十五フィートのフライトデッキ右舷端に体当りされた。直前に投下されたと思われる爆弾は、船体及び内部隔壁を数フィート貫通して爆発した。デッキサイドの無線アンテナマストは、支柱近くから裂け落ちた。

残りの敵の攻撃機は、四機と考えられる。二機は攻撃せず、環礁から離脱した。残りの二機は「ハンコック」のレーダーによって二百五十五度六十八マイルから接近してくることが探知された。味方の夜間戦闘機には西の方位を指示されたが、迎撃に失敗した。

この二機が相ついで、炎上するランドルフに体当りしてきた。

二〇二〇（一九二〇）消防艇と駆潜艇が船尾に接近して、両舷から消火活動に当った。

軍医たちと、他艦からの志願兵が活動を開始した。戦艦「ネバタ」は横付けして、救助活動を申し出てくれたが、丁重に断った。

〇〇五〇（二三五〇）艦内の全てのダメージコントロールが稼動し、殆どの火災が、鎮火した。

〇〇五二（二三五二）火災は航空機発令所がくすぶり続けているのを除いて鎮火した。

〇六〇〇（〇五〇〇）完全に鎮火し、修理班が後片付けを始めた。

被害状況から見て、敵機の搭載した爆弾は遅延信管つき（〇・〇二五秒）二五〇キロと六三キロ爆弾と思われる。

人的被害

死者　　二十五名

負傷者　　百六名

行方不明　　三名

搭載機の損害

全損　戦闘機　七

　　艦爆　　六

艦攻　二
修理可能
戦闘機　五
艦爆　二
艦攻　四

「これが報告書の一つだ」

「それですよ！」

と、秀明が、叫んだ。

「空母ランドルフで、死んだ人たちの子孫が、今回、日本の研究所に投資する人たちの中にいるんですよ。日本からやって来る研究所の中に、この戦闘の時の特攻隊員の子孫がいたら、投資について再考せざるを得ないと、思っているんじゃないですか。だから、向こうは、私たち三人が本当に特攻隊員の子孫かどうか、調べているんだと思いますよ」

「しかし、戦争だからね。殺す、殺されるは仕方がないと思うがね」

「特攻は別だと考えてるアメリカ人もいると思います。バカボンムと呼んだり、狂気と呼ぶアメリカ人もいますからね。自分の先祖が日本人の狂気に殺されたと考えているアメリカ人にとって、その日本人の子孫のいる研究所に、投資はしたくないと思います」

と、秀明は、いった。

父は、空母ランドルフの損傷を示す写真も、秀明に見せてくれた。

梓特攻機が、突入した艦尾から写したシロクロ写真である。

甲板が傾き、後部の四〇ミリ機関銃座は、焼けただれている。その部分を上半身裸の水兵たちが、並んで、のぞき込んでいる。

破壊され、ひん曲った鉄骨の間から、飛行機の尾翼の一端が、飛び出しているが、これは、突入した銀河のものではなく、ランドルフが搭載していたアメリカ機のものらしい。

三機の特攻機が、突入したとも、書かれていた。

「この損傷のため、同艦は、三月十八日からの日本の四国、九州沖の航空戦に参加できなかった」

レポートの最後には、こう書かれていた。

第二章　昭和二十年三月十一日の現実

1

岡田光長と、小松かおりの二人も、同じ状況に置かれていた。

岡田の母親、節子《せつこ》は、終戦の時三歳で、B29の爆撃の時、火の海の中を、必死に逃げたことを、はっきりと覚えている。

小松かおりの父親、小松正博《まさひろ》は、戦後、進駐してきたアメリカ兵に「ギブ・ミー・チョコレート」と手を出した記憶も持っていた。

そうした戦争の記憶を持つ岡田の母親と、小松かおりの父親は、わが子のアメリカ行を心配して、協力して、梓特別攻撃隊のことを調べ、息子の光長と、娘のかおりに、話して聞かせた。

その場所は、小松家の居間だった。

秀明の父、和明が、梓特攻隊のことを調べたのは、息子の将来を心配したからだし、岡田光長の母、節子と、小松かおりの父、正博が、梓特攻隊のことを調べたのも、同じく、わが子の将来を考えたからに違いない。

ただ、二人の母と父の調べ方と、子に向かって話す形も、城戸の場合と少し違っていた。

城戸の場合は、梓特攻隊が与えたアメリカ側の被害、特に戦死者に重きをおいての調査だったし、わが子への説明の仕方だった。

それに対して、岡田と小松の場合は、主として、梓特攻隊の活躍の方に、重点を置いていた。

これは、多分、戦争体験の時間的な長さの違いなのだ。たった一年、或いは四年の差は、平和な時代なら、ほとんど差はないだろうが、戦争の時は、違う。特に敗戦の場合はである。

その日一日、小松家の広いリビングルームは、戦争のというより、梓特別攻撃隊の写真と、本と、資料で、一杯になった。

岡田の母、節子と、小松かおりの父、正博が、子供のことを心配して、必死で集めたものだった。

二人の子供、岡田光長と、小松かおりは、最初、それを珍しそうに、眺めていた。

まず、祖父たちが乗っていた海軍陸上爆撃機「銀河」の何枚もの写真である。

さまざまな角度から撮られた写真だった。

梓特攻隊として、九州の鹿屋基地を出発する銀河。

それを、手を振って見送る人々。

最後は、銀河の前で、足を踏んばって、身構える城戸、岡田、小松三人の搭乗員の写真である。

特攻隊員に指名され、出撃間際の記念写真である。死を覚悟した三人の写真だが、それを見る岡田光長と、小松かおりの反応は、平和で、のんびりしたものだった。

「お祖父さんたち三人じゃありませんか」

と、岡田は、笑顔でいい、

「若いですねえ」

小松かおりの反応も、似たようなものだった。

「少年が、突っ張ってるみたいで、可愛い」

と、笑顔で、いい、

「それにしても、銀河って、スマートな飛行機なんですねえ。細身で、華奢だ。とても軍用機に見えない」

と、続ける。

それに対して、父親で、八十歳になった小松正博は、苦笑しながら、

「性能のいい爆撃機で、梓特攻隊の主力機だよ。戦争末期、その性能の高さから、三〇〇〇キロ離れたウルシー環礁の特攻機に撰ばれたんだよ」

そのあと、小松正博と、岡田光長の間で、戦時中の日本の軍用機の話になった。

「僕の知ってる海軍爆撃機というと、一式陸攻という葉巻みたいな奴で、その模型を持ってる奴がいて、見た事があるんですよ。それに比べると細身で格好が良いですね」

と、岡田光長がいった。

「今、君がいった一式陸攻というのは、太平洋戦争の始めから活躍している爆撃機でね。双発で八人のパイロットが乗っていた。長距離の航続距離を持っているんだが、積む事の出来る爆弾が小さかった。そこで人数も三人で済む爆撃機が製造された。それがこの銀河なんだ。一式陸攻が八人のパイロットが必要なのに対して、こちらは三人で済むし、より大きな爆弾を積む事が出来る。その上、航続距離も一九〇〇キロと長い。これを使って、また、これを使わなければ出来ない攻撃が計画された。それが太平洋上に浮かぶウルシー環礁という、サンゴ礁で出来た島が三十以上もある場所があって、中央部に大きな湾が出来ていて戦争末期、アメリカの艦隊が基地として使っていた。停泊している、当時最も恐れられていた空母艦隊を攻撃する計画が立てられた。それに使われる飛行機が銀河で、梓特別攻撃隊と名付けられた。私の父や、君の親友の城戸君の祖父や、岡田さんの祖父が参加して、梓特攻隊として三人で一機の銀河に乗ったんだ。その写真が、これだ」

小松の父、正博が説明する。

確かに、銀河の写真の前では三人の若いパイロットが緊張した面持ちで並んで立っている。

「三人とも若いですね」

と、岡田が、笑う。

「ああ、若いよ。そこに写っている私の父の小松正之は、一番若くて二十歳。三人とも、全員二十代だ」

「それなら、今の僕より若い。そんな年齢で死んだんですねぇ」

「梓特攻隊というのは、全部で三十六人死んでいるんだが、一番年長者でも二十九歳。一番若いパイロットは十七歳だった」

と、小松の父はいう。他にも、何機かの銀河の前で並んでいる三人のグループたちはいずれも、若い顔である。

昭和二十年の春頃、日本にとって最も強力な敵はアメリカの空母艦隊、機動部隊だった。勿論、B29という巨大な爆撃機がいて、それが二百機、三百機の大編隊で日本の都市を爆撃していた。それも脅威ではあったが、アメリカの機動部隊の方は十隻を超す空母が艦隊を作り、日本周辺を動き回って、一度に五百機、六百機という艦載機を飛ばして日本の基地を攻撃していた。それを何とかしないと、その内に日本本土にアメリカ軍が上陸してくる。本土決戦である。

「そこで、アメリカの機動部隊の基地があるウルシー環礁という、日本から三〇〇〇キロも離れた太平洋上の環礁、多くの小島に囲まれている自然の良港があった。その港を一つずつ攻撃しようという計画が出来てね。それに父も参加した。それが、梓特攻隊だ。参加する事になった銀河の数は二十四機。当時海軍の特攻基地は九州にあった。そこから太平洋をはるばる三〇〇〇キロ飛んで、その先にあるアメリカの大艦隊基地を攻撃する。しかし、銀河といえども往復出来る距離ではないから、どうしても特攻となってしまうんだ。八〇〇キロという爆弾を積んで停泊しているアメリカの空母を攻撃しようという計画だった」

「三〇〇〇キロの彼方ですか。凄いですね。僕なんかから考えれば、優秀なコンパスを持っていなければ、昭和二十年頃日本の爆撃機が果たしてウルシー環礁というアメリカ軍の基地に到着出来るかどうかも危なかったんじゃありませんか。どうやって九州の基地から三〇〇〇キロ彼方のアメリカ軍の基地に到着出来たんですか？」

岡田がきく。小松正博が微笑した。

「今も当時も、その計画について最初に考えるのは無事ウルシー環礁に到着出来るかどうかだった。確かに日本の海軍の爆撃機だから、海上を飛ぶ事には慣れていた。しかし今までに一度も飛んだことの無い三〇〇〇キロ彼方の小さなサンゴ礁の環礁だからね。まずそこへ無事に着けるかどうかが心配された。そこで、二十四機の銀河の編隊を三〇〇〇キロ先まで誘導していく誘導機に、どんな機を使うかが考えられた。その誘導機に充てられたのがこの飛行艇だ」

その写真を小松正博が岡田に見せた。四発の巨大な飛行艇である。何処か女性的な優雅な形だった。

「当時、日本で一番大きな軍用機だった。四つのエンジンを持つ飛行機は当時、この二式飛行艇しかなかった。この飛行艇なら海面にも着水出来る。それに連絡や物資の運搬に、この飛行艇が使われていたから、銀河に比べれば遥かに洋上の飛行には、慣れている。そこで二機の二式飛行艇が用意され、二十四機の銀河を三〇〇〇キロ彼方のウルシー環礁まで誘導する事になった」

「誘導するにはそれだけの自信があったんでしょう？　ただ、銀河とスピードが違うんじゃありませんか」

岡田光長がいうと、小松正博も肯《うなず》いて、

「君のいう通り、最初からスピードの違いが問題だった。どうしても、スピードの遅い方に合わせる事になってしまう。それがこの計画の問題点である事は最初からわかっていたんだ」

と、いい、さらに加えて、

「最初、飛行艇が誘導する話はなかった。当時、海軍には『彩雲』という優秀な偵察機があった。最高速度は、時速六〇九キロもあった。時速六〇〇キロを超す航空機は、当時の日本にはほとんど無かったから、この彩雲が、誘導する筈だったのだが、残念ながら航続距離が短いから、九州の鹿屋からウルシーまで誘導するのは難しい。そこで航続距離の長い飛行艇が用意されたんだ。だが君が、いう様に、速度の差があり過ぎる為、計画自体が難しいものになってしまった」

太平洋の地図もあった。城戸が見ていたのと同じ地図である。

九州・鹿児島の鹿屋。海軍の特攻基地。そこから太平洋の真っ只中にあるウルシー環礁まで赤い線が引いてあった。

鹿屋基地の次は、佐田岬である。その上空を通って南大東島、次の目標は沖ノ鳥島、そして当時日本軍が占領していたヤップ島。その一八〇キロ東に、問題のウルシー環礁があった。そのウルシー環礁の近くで未だ日本軍の占領している島といえば、連合艦隊が使っているトラック諸島、日本軍の陸上部隊がいたメレヨン島、メレヨン島とヤップ島との間にあるのがウルシー環礁だった。

「これが、ウルシー環礁の写真だ」

といって、小さな島々が点在する写真を小松の父が見せてくれた。島といっても、標高の低い環礁である。

「表面が平らになっているんですね。それに海面からの高さも低い」

「アメリカの機動部隊にしてみれば、使い易い環礁なんだろう。島が平らだからその上に兵舎を作る事が出来るし、高射砲を置く事が出来る。小さな飛行場だって出来る。攻撃側からすれば、この環礁である事、海面からの高さもそれほど高くないし、そして表面がまず平らだという事が問題になった」

「どんな問題になったんですか？」

「遠くから見ると表面が平らで、高さも低いから航空母艦に見えてしまうんだ。暗くなれば、更に間違える。そこで最も大事なのは、梓特攻隊がウルシー環礁に到着する時刻だった。最適な時間は、午後五時過ぎ。軍隊的な用語でいえば一七四〇《ひとななよんまる》。薄暮の時間だ。三月で赤道直下だからまだ少し明るい。ただ午後六時を過ぎてしまうと暗くなる。そうなると、停泊している空母と島との見分けが付かなくなってしまう。だから絶対に一七四〇（午後五時四十分）には、ウルシー環礁に到着しなければならない。さもないと目標を間違えてしまうからね。それに、攻撃に気付いて、停泊しているアメリカ艦船が明かりを消してしまったら、周辺は真っ暗になって目標が、見えなくなる。そこで三月十一日の〇八四〇（午前八時四十分）に、一番機が離陸した。この時間に編隊を組んで南下すれば、一七四〇（午後五時四十分）にはウルシー環礁に到着出来ると計算していたんだ」

二十四機の銀河が次々に離陸していく、その写真もあった。それぞれの愛機の前で、三人の搭乗員が写真に撮られている。その飛行機に乗るパイロットたちである。

「銀河には三人が乗っていたんでしょう？　それぞれに役目があった訳ですね」

「操縦と通信と偵察。この役目を三人でやっていた。勿論、三人しか乗っていないから偵察だけやっていればいい、操縦だけやっていればいいという訳ではない。爆弾の投下もしなければいけないし、機銃は二丁積んであるから敵と遭遇したら、その機銃も撃たなければならない。だから三人は操縦・偵察・通信以外にも色々仕事があった。ウルシーまで飛行艇に誘導されて、間違いなく到着しなければならない。それには、時間が掛かる。それを持て余してしまったという話を生存者から聞いた事もある。とにかく、数時間後には死ぬんだ。『死』は考えたくないが、どうしても考えざるを得なくなってしまう。だから、触れたくないにもかかわらず、機内での会話はどうしても、死に繋がってしまう。特攻を命ぜられた者の宿命だというそんな話が多かった」

と、小松正博がいった。それに、岡田の母節子も大きく肯いた。

「具体的に、どんな話が交わされたんですか？」

「銀河には三人ずつのパイロットが乗っていたんだが、独身のパイロットもいれば、父たち三人の様に全員が結婚していて、小さい子供がいる訳だから三人は、子供の話になっただろう」

「当時は、特攻を命じられれば拒否できなかった訳でしょう？　僕が当時の話を聞いていて一番わからないのは、どうして特攻に反対する人がいなかったんですかね？　だって、今の僕から見れば体当りするよりも大きな爆弾を投下した方が効率的じゃないですか。そうすれば何回も出撃出来る訳ですからね。特攻なら一回で死んでしまう。そう考えただけでも、特攻より通常の爆撃の方が効果的だとはどうして思わなかったんでしょうか？」

岡田光長が、きく。

「特攻に反対のパイロットもいたんだ。ただ当時の軍隊の雰囲気というものは特攻が命令されれば、それを拒否する事は出来なかった。だから、反対しながらも出撃した人も多かったらしい。梓特攻隊には何人か生存者がいたから、彼等にきくと、『半数は、爆撃機銀河による特攻には反対だった』といっている。死ぬのが怖いからじゃなくて、通常爆撃の方が効果的じゃないかというんだよ。銀河は優秀な爆撃機で、ゼロ戦に近い高速だし、八〇〇キロ爆弾を積む事が出来た。上空から、八〇〇キロを投下すればスピードが付いて、空母の甲板を突き抜け、内部まで達してから、爆発する。必ず空母は沈む。それに比べて体当りをすると、飛行機の浮力が付いてしまうから、甲板を突き抜けて内部で爆発するのは難しく、飛行機が甲板に激突した瞬間、爆発四散してしまう。これでは、巨大空母を一瞬にして、沈める事はできない。だから反対だというパイロットが多かったらしい」

「それを、海軍の上層部は、取り上げなかったんですか?」

「それが不思議だという人もいる。誰が考えても、通常爆撃の方が効果的だし、何回も攻撃できる。それなのに海軍上層部は、陸軍もそうだが特攻に固執した。それはやはり、当時の上層部に『神風意識』みたいなものがあったんじゃないか、という人がいた。つまり、体当りをすれば神秘的な『神風』という奇跡が起きるんじゃないか、そんな風に考える一種の信仰だね。戦況が有利な時はそんな奇跡は期待しないんだが、追い詰められてくると神風が吹くんじゃないか。死を覚悟して攻撃すれば、神風の加護がある。そんな信仰みたいなものが生まれて、続いていく。そういっていた人たちもいたね。わかる様な気もするんだ。戦況が、不利になればなるほど精神的な期待の方が大きくなっていき、そして神風が吹くと信じてしまう」

「それで、お祖父さんが参加したウルシー環礁に対する梓特攻隊の攻撃は成功したんですか?」

と、岡田光長がきいた。

小松正博は、それに対して、本で読んだり、梓特攻隊の生存者に、聞いたりした話として答えている。

「当時、アメリカの大機動部隊が我が物顔に日本周辺の海を動き回っては、艦載機を飛ばして日本の軍需工場や、基地などを攻撃していた。このアメリカの機動部隊というのは正規空母十隻以上に、小型空母を合わせると、二、三十隻になる大機動部隊で、それに戦艦、巡洋艦、駆逐艦が護衛に付く大艦隊だった。指揮官はスプルーアンス提督で、この提督はアメリカがミッドウェー海戦で日本に勝った、その時の名提督だといわれている。その事もあって、日本海軍としては、何とかしてこの大機動部隊を撃滅しようと考えた。それが梓特攻隊の誕生に、繋がっている。この大機動部隊には、今いった様に戦艦、巡洋艦などの護衛が付くし、一回で飛ばせる飛行機が千機近い。とても、正面から立ち向かって勝てる相手ではなかったから、彼らが、日本周辺を荒し廻ったあと、南太平洋のウルシー環礁の基地に帰投する。その時を狙って体当り攻撃をかけようという計画が立てられた。昭和二十年の二月二十日で、この時に梓特攻隊が編成されたといっても良かった。九州・鹿児島の鹿屋基地から三〇〇〇キロの南にあるから、軽爆撃機銀河の翼と胴体に石油五、四〇〇リットル分の増槽を積む。それでも往復は出来ず片道の特攻になってしまうが、覚悟の上の計画だった。その時決められたのは、ウルシーまで誘導するのに大型飛行艇二機を用意することと、目標の艦船が、はっきり見える薄暮の時に到着すること。つまり一七四〇（午後五時四十分）の攻撃と決められた。それより遅れれば、ウルシー環礁は真っ暗になり、艦船と環礁の区別が付かなくなってしまうからだ。昭和二十年二月二十一日から、銀河による攻撃訓練が始まったが、途中で事故も起きた。また、訓練中に事故で、墜落する銀河も、何機か出てしまい、その間、トラック諸島から発進した、海軍の偵察機、彩雲がウルシー環礁の様子を送って来ていた。昭和二十年三月九日。ウルシー環礁には多数の空母、戦艦、巡洋艦などが集まっているという彩雲からの報告を受け、翌三月十日の決行が、決まった。三月十日。〇七〇〇（午前七時）一番機が鹿屋基地から離陸していった。五番機までが離陸し、上空で旋回しながら後続を待っている時に宇垣《うがき》司令官から突然、中止の命令が出た。宇垣中将というのは、山本五十六提督の副官だった人で、問題の梓特別攻撃隊の発案者でもあった。意志の強い人で、ある意味頑固である。その艦隊司令と参謀たちが急に中止を決めてしまったが、その理由は、曖昧なものだった。三月九日の報告によれば、ウルシー環礁にはアメリカ空母の大部隊と戦艦、巡洋艦それに輸送船も集まっている、という報告だったのに、十日になると曖昧なものになってしまい、軍艦が一隻しか見当らないといった報告も、届けられてきた。明らかに前日の報告と、違う。もう少し、厳密に調査してから、はっきりすれば良かったのに、宇垣司令官と参謀たちは『今日は駄目』と決めてしまった。もう一つ。日本上空には、朝から強い偏西風が吹いていて、それに乗ると、かなり早く、ウルシー環礁に着いてしまう。そこで、発進を、一時間遅らせる事にして、その内に、曖昧な報告を信じて、アメリカ艦隊が停泊していないと勝手に決めつけて中止にしてしまったんだ。この事で三月十日、死を覚悟していた梓特別攻撃隊の各編隊の隊長たちからは、怒りをかってしまった。彼らと参謀たちの間で、激論が交わされたといわれている。特攻隊員たちの怒りの理由は、特攻隊を編成しておきながら曖昧な情報や、春の一時的な突風に惑わされて、発進の時間を遅らせたりする参謀たちの勝手さに対するものだった。一時、特攻は、もう止めると叫んだ隊員もいたらしいよ。それでも宇垣司令官の命令でその日壮行会の様なものが開かれて、騒ぎは納った。翌三月十一日。最後の命令が下されて〇八四〇（午前八時四十分）、一番機が鹿屋基地を離陸した。出撃した銀河は、二十四機。

宇垣司令官の訓示は、資料として、残っている」

小松正博は、その訓示をコピーしたものを娘のかおりや、岡田光長に渡した。

それには、次の言葉があった。

「連合艦隊司令長官の命令に基き、本職は梓特別攻撃隊に対し本日其《そ》の決行を命ずる」

「つまり、この時点で、海軍は、正式に、特攻というものを認めているんだ」

と、小松正博が、いった。

続けて、その訓示の内容を読み上げた。

「我が艦隊の使命は敵機動部隊を殲滅《せんめつ》するを以て其の主任務とする。従って其の目的達成の為、我が第五航空艦隊は全員が特攻隊である。君達は其の第一部隊であって敵の機動部隊はこれから君達の向かわんとする基地に帰港し、特に空母を含み十九隻が停泊している事が決まっていて絶好の機会である。成功の為には秘密裏に敵の基地に近付き、決行する手だては講じてある。既に全ては決まっており、君達諸子は神の心である。君達の純忠至誠と多年錬磨の技量とを以てすれば必ずや成功疑いなしと確信する」

「これが、宇垣司令官の訓示だが、この宇垣という名前は、海軍の特攻というか、日本の特攻を考える時、必ず出てくる名前だから、覚えておくといい。海軍で、積極的に特攻を推進した将軍として、大西中将と共に有名なのが、この宇垣司令官だった。陸軍にも、同じように、若者を特攻に送り出した将軍が、何人もいる。彼等のセリフは、揃って同じだ。

『お前たちだけを死なせはしない。必ず、私も、君たちの後に続く。約束する』そして、若者たちは、『後に続く者あることを信じて』死んでいたんだ。ところが、いざとなると、平気で、前言をひるがえして逃げ出した上官が沢山いて問題になっている。その点、宇垣司令官は、昭和二十年八月十五日に、天皇の終戦の言葉を聞いたあと、自ら攻撃機彗星に搭乗して、出撃し、亡くなっている。約束を守ったんだ」

「私は、この人は、嫌いです」

と、即座に、いったのは、岡田の母、節子だった。

「私が聞いたところでは、宇垣司令官は、終戦に反対して、特攻出撃するんですけど、部下九人を、連れて行くんです。たとえ、一緒に死なせて下さいといわれても、断固として、拒否すべきでしょう。戦後の復興に、何よりも、若い人たちの力が必要なんですから。この知らせを受けた当時の小澤連合艦隊司令長官は、怒って『死にたければ、ひとりで死ね』と叫んだそうですよ」

「その話は知っています」

と、小松正博は、あっさり肯いて、

「日本で、名将と呼ばれる人たちに共通する欠点があることが、特攻について調べていて気付きました。或いは、日本の良き指導者に、共通の欠点かも知れません」

と、小松正博が、いう。

「ぜひ、それを教えて下さい」

節子が、いい、小松かおりは、

「日本人共通の欠点といわれると、私も、ぜひ、知りたい。これから、アメリカでの生活が、始まるんだから」

「良き日本人のだよ」

「それなら、尚更だわ」

と、かおりが、いった。

「そうだな」

と、小松正博は、急に、手帳を取り出して、

「日本陸軍に、聖将と呼ばれた将軍がいた。安達《あだち》二十三《はたぞう》という陸軍中将だ。太平洋戦争の時、ニューギニア戦線で、十八万人の兵力で、アメリカ軍と戦ったが、逆に包囲されてしまう。司令官の安達は、断固、アメリカ軍の基地の攻撃を、大本営に懇願した。しかし、大本営は、戦局を見て、攻撃すれば、日本軍は大敗すると見て、攻撃を許可しなかった。それなのに、安達現地司令官は、アメリカ軍基地の攻撃を命令。結果、大敗して退却してしまう。十八万の兵力が、五万を切ってしまった。大本営の命令に反して攻撃し、揚句に大敗し、多くの兵士を死なせてしまったのだが、そのことについて、安達二十三は、次のように、いっているんだ。

『これは、兵士たちに、死場所を与えてやったのだ。慈悲の心である』

とね。大本営は、動くなと命令するが、それで戦局が、好転するわけでもない。それなら、勝てる可能性は、少いがアメリカ軍を攻撃して、死ぬ方が兵士の希望ではないかと考えたというのだ。確かに、安達二十三に心酔していて、喜んで死んだ兵士もいただろうが、中には、こんな所で死にたくない、故郷に帰りたいと思っている兵士だっていた筈なのに、それを、いっしょくたにして、戦って死ぬ方が本望だと思い込む。日本的思考の典型だよ。特攻の宇垣司令官と、全く同じだと思う。昨日まで、憎むべきアメリカ撃滅のためなら、死を覚悟していたのに、突然、終戦が決まって、若者たちは、思考停止状態に落ち入ってしまった。それなら、彼等に最後

に特攻死を与えるのが慈悲ではないかと、考えて、連れて行ってしまったんだと思うね。勝手な思い込みなんだよ。日本の名将と呼ばれる軍人の最大の欠点だ」

「しかし、名将なんでしょう?」

と、岡田が、いった。

「そうだ。宇垣司令官も、安達二十三も、太平洋戦争で、戦った将軍の中で数少い名将だといわれている。それでも、その行動を調べてみると、どこか、おかしいんだ」

「今祖父たちが、実行した梓特別攻撃隊のことが問題になっているけど、特攻というのは戦争で、日本だけが実行したわけでしょう? それが、何故なのか不思議なの。同じ世界大戦を戦ったのに、他の国には無かったことが」

と、小松かおりが、疑問を、投げかけた。

「僕も、そこが不思議だった。特攻が、いいか悪いかは、別にして」

と、岡田光長も、同調した。

「その問題だけど――」

岡田節子が、遠慮がちに、口を挟んで、

「特別攻撃隊のことを、よく知りたくて、遠縁に当る大学教授に、話を聞いたんです。何故日本だけに、特攻が生まれて、何千人もの若者が死んだのか。その中に、若い頃の父もいたと、いったところ、教授は、こんなことを教えてくれました。日本は、平和だが、文明文化の停滞する江戸時代から、突然、群雄の相争う明治時代に飛び込んだ。それでも器用な日本人は、生活や武器を西欧に合わせて作ることが出来た。生活でいえば、ラジオや自動車を、最初は輸入していたが、そのうちに、自分で作り出した。武器でいえば、日露戦争の時、戦艦三笠《みかさ》などを、イギリスから購入したが、太平洋戦争では、大和を自分で建造した。航空機でも同じことで、最初は、フランスから複葉機を輸入していたが、太平洋戦争では、ゼロ戦を作って、西欧を驚かせたというのです。全く別の世界、例えばスポーツの世界でも、日本人は、西欧が始めたオリンピックに参加するや、三段跳びや棒高跳びなど知らなかったのに、日本人のマネ上手で、たちまち、オリンピックでメダルをとってしまう。しかし、冷静に、考えてみると、日本人は、近代戦争の何たるかを知らずに、武器を作って戦ったように、近代スポーツの精神を知らずに、形だけ近代スポーツをマネてオリンピックを戦ってきたのではないかと、その先生はいうのよ」

「それが、日本特有の特攻を生んだというわけですか?」

と、小松かおりや、岡田が、きく。

「その教授がいうには、新しい武器が新しい戦術、新しい戦いの形を生む筈なのに、日本の軍人だけは、新しい武器を持っても、旧《ふる》い戦術、旧い戦いの形、そして旧い精神を崩そうとしなかったというの」

「もう少し、具体的に、いってくれませんか」

「例えば、陸海軍のエリート将校たち、例えば海軍の山本五十六は、アメリカとの戦いをどうするかと聞かれて、何故か、桶狭間の戦いと、ひよどり越えを合わせたような戦いをしたいと、いい、陸軍のエリートの辻《つじ》参謀も、ガダルカナル戦では、攻撃命令で、天祐を保有してアメリカ軍を撃滅せよと唱えて、小隊長や中隊長を戸惑わせてしまう。近代戦を、本当に理解していない証拠だと大学教授は、いうのね」

「それが、特攻を生むということですか?」

と、岡田が、いい、小松かおりは、

「今、岡田節子さんの話を聞いていても、何故、日本人が特攻を生んだのか、よくわからないんです。でも、祖父たち三人は、その特攻隊員として、三〇〇〇キロを飛んで、ウルシー環礁のアメリカ艦隊に突入したわけでしょう。どんな形の特攻だったか、わかっている限り知りたい」

と、いった。

そこで岡田節子が、資料や写真などを持ち出して、梓特別攻撃隊の話を、説明していった。

「この特攻は、父たちの勇気と、海軍陸上爆撃機銀河という新鋭機と、そして、無謀ともいえる計画によって生まれたといえるの」

と、岡田節子は、いった。

「無謀というのは、三〇〇〇キロの長距離攻撃の計画のことですか?」

「若者たちの勇気、銀河の性能、先導する二式飛行艇、それぞれに素晴しいものね。しかし、いずれも、特攻のための勇気、特攻のための性能、特攻のための飛行艇じゃなかった。だから少しずつ、ミスが生まれていった。父たちの勇気は、空廻りし、銀河と二式飛行艇の状態の差が、出発と同時に、傷を広げていったとしか思えない。例えば、銀河も、二式飛行艇も、もともと、特攻の目的で作られたものではないからね。二つの優秀な飛行機の間にある最高速度の差が、三〇〇〇キロを飛ぶ間に、致命的な傷を作っていった。具体的にいえば、誘導する二式大艇と特攻隊の本体、軽爆撃機銀河との間には最高速度においてかなりの差があるから、それが同じ目的で、三〇〇〇キロを飛ぶのは、最初から無理があった。どうしてもスピードの遅い飛行艇の方に合わせてしまう。目的の時間の十七時四十分に敵の基地ウルシー環礁に到着出来るかどうか、自信がないままに出発した。更に、パイロットたちは至誠の念は強くても、太平洋戦争初期のベテランパイロットの様に十分な訓練も受けていない、また、八〇〇キロという重い爆弾を積んで、上手く敵の空母に体当り出来るかどうかの確信も無い。そうした不安を抱いて二十四機の梓特攻隊の銀河は佐田岬の上空で、誘導する飛行艇と出合い、まずまっすぐ南大東島に向かった。次の目標は沖ノ鳥島。その途中で銀河六機が行方不明になってしまう。針路を間違え沖縄方向に向かってしまった。しかし当時の無線電話はアメリカのものに比べて性能が悪く上手く連絡が取れない。そのまま残りの十八機は飛行艇の誘導に従って、沖ノ鳥島へ向かった。その間も誘導する二式飛行艇とそれに従って飛ぶ銀河の速度の差が出てしまう。必死になって飛行艇に速度を合わせる。そのイライラもあったようね。スピードが遅い方に偏ってしまったうえに宇垣司令官が考えた様な、上空に強い偏西風が吹いておらず、自然とウルシー環礁への到着が遅れる事となってしまった」

南大東島〇九四五（午前九時四十五分）風速六メートル。すでに宇垣司令官の考えていた強風は吹いていなかった。一五〇〇（午後三時）。鹿屋基地から電信を受信する。

「皇国の興廃懸りてこの壮挙にあり。全機必中を確信す。宇垣司令長官」

一五一〇（午後三時十分）沖ノ鳥島付近、雲上飛行困難につき、雲の下に出る。高度三〇〇メートル。その間にも銀河に次々と故障機が出て、途中脱落し、誘導飛行艇一機と銀河十六機に減っていた。

一七一〇（午後五時十分）推定位置ヤップ島上空。眼下に敵の輸送船団を発見。すでにこの時十七時十分になっていたが、敵の輸送船団を攪乱するように地理的に針路を変更した為、さらに数分間の遅れが出てしまった。

一七五〇（午後五時五十分）日没。このままではヤップ島上空に着くのは、午後六時になってしまう。そこからウルシー環礁に向かえば、さらに時間は遅くなる。すでにこちらはアメリカの優秀なレーダーに発見されているに違いなかった。こちらがウルシー環礁に着く頃には、アメリカ艦隊は明かりを消してしまっているだろう。そうすれば海面は真っ暗である。それでも、目標の空母に突入できるのか。

この時刻。日本軍が占領しているヤップ島に着陸し、翌朝早く一八〇キロ東にあるウルシー環礁へ攻撃すればいいのではないかという話が、機上で交わされた記録が残っている。ここまで誘導してきた二式大艇は銀河と別れ、メレヨン島へ向かった。その横を十六機の銀河が、反対方向のウルシー環礁に向かい、すれ違っていった。

ヤップ島からウルシー環礁への途中で、銀河一機が燃料切れで海中へ自爆してしまう。残りの十五機の銀河がウルシー環礁に到着した。それを、レーダーで捕捉していたアメリカ艦隊は明かりを消し、ウルシー環礁海面は真っ暗だった。すでに一八〇〇(午後六時)を過ぎていた。

九州の鹿屋基地で、梓特別攻撃隊からの通信を受信していた人たちを最も悲しませたのは、

「暗い、暗い……」
「暗くて何も見えない」

という、通信だった。不安が的中したのである。到着が予定の十七時四十分ではなくて十八時を過ぎて、ウルシー環礁が闇に包まれてしまったのだ。その為、ウルシー上空に到着したが、体当り攻撃を止めて一時ヤップ島の日本軍基地に避難、明日ただ一機でも構わないからウルシー攻撃をしようと考えたパイロットもいた。

この銀河乗組員たちは、戦後になってこの時の状

況を色々と話している。もちろん、三人の祖父たちではない。

ウルシーに到着した時はすでに真っ暗だった。目を凝らしてみても何も見えない。電信係が、

「暗くて目標見えず」

と司令部に連絡している。その機の機長は、高度を下げて二〇メートルで湾内を飛び回れと命令した。もし、空母の出っ張りか何かにぶつかれば我が機は爆発し、突入したのと同じ事になる。そう考えての二〇メートル命令だったが、なかなかぶつからない。

機首に装備した電探のスイッチを押してみた機もあったが、日本の電探では電波がはね返って来ても、その相手が環礁か、艦船かの区別がつかないのだ。

その内、右左と大きな火柱が立ち始めた。突入成功に見えたが、冷静に考えると、おかしい。体当りしたのであれば、その火柱の明りで、ぶつかった敵の艦船が映し出されるのではないか。それが全く見えないし、その内にすぐ火柱は消えてしまった。

間違えて環礁に突入してしまったとしか考えられない。

このままでは突入は成功しないと、考えた機長もいて、日本軍の基地があるヤップ島へ引き返す事に決めた。一旦、基地に帰り明日一機でも、ウルシー環礁に突入すれば、それで梓特別攻撃隊の目的は達成できると思ったのである。

この銀河は無事ヤップ島の日本軍基地に着陸出来たが、その時に故障してしまい、翌三月十二日にウルシーを攻撃する事は出来なかった。その後、整備員たちの必死の働きにより、なんとか飛べるように修理できたが、その時にはすでに戦局も戦線も移動してしまっていた。敵の艦隊もウルシー環礁から動

いてしまい、その修理された銀河に乗って本土へ引き返したが、死に損なってそのまま終戦を迎えてしまった、と三人のパイロットたちがある雑誌で当時の話をしている。

「結局、『梓特別攻撃隊』というのはどの位の成果をあげたんですか?」

と、岡田が母にきいた。

「もちろん、当時の日本海軍も懸命になってそれを調べた。まず、日本の連合艦隊の基地があったトラック諸島から偵察機『彩雲』を飛ばして、危険を冒しながらその後のウルシー環礁を偵察した記録がある。攻撃の翌日、三月十二日にトラック諸島の日本軍基地から海軍偵察機『彩雲』がウルシーに偵察に行き、その偵察員の手記が残されている。それを私は読んだ。そこには簡単にいうとこんな風に書いてあった」

と、岡田節子が資料を読む。

「環礁上の洋上には、油が流れているのが見える。しかし、攻撃直前の偵察の時に比べて、少しも船の数は減っていないようだ。また炎上中の空母も一隻も見当らない。沈没した空母も無いらしい。私たちは次第に失望しはじめた。春島基地に帰投し、戦果の報告をした時、小笠原章一司令も悄然《しょうぜん》としておられた。我々はこの目で見た戦果を偽ることはできなかった」

「その他に、アメリカ側の発表というのもあって、それが間接的に梓特攻隊の戦果となった。それによると、正規空母ランドルフが特攻隊の攻撃を受けて破壊、炎上している。その写真も戦後になって発表された。アメリカ側の報告によれば、三機の特攻機がランドルフの後部に突入し、破壊され炎上した。そして多くの死傷者が出ている。その他一機が地上の海兵隊の宿舎に突入し、勤務の米兵が何人か負傷したという報告もあった。しかし、沈没した空母が一隻も無い事もわかった」

「つまり、全体的に見れば失敗だった訳ですね」

小松かおりは、冷静な口調でいった。冷静にいえるのはやはり、戦争を知らない時代の子だからだろう。

「敵の空母ランドルフですが、三機の特攻機が突入した訳でしょう？　その中にお祖父さんの飛行機もあったんですか？」

「それはわからない。突入した三機は炎上して、遺体も発見できなかったようだからね。ただ、その後我が家や、共に銀河に乗っていた城戸家、小松家にも『梓特別攻撃隊の一員として、壮烈な戦死を遂げられた。よって二階級特進とする』という報告が海軍軍令部から届いたといわれるから、父たちの銀河が、アメリカ空母ランドルフに突入したことは、間違いないと思う。とにかく、戦争中、私たちの父は、軍神だったんだ」

と、岡田節子は、いった。

こうして、父や母から、梓特別攻撃隊の話を聞いた三人は、東京・中野のカフェで会って、「祖父たちの特攻」について、総括した。

「これで、いよいよ、アメリカの投資ファンドの中に、太平洋戦争中、ウルシー環礁で、空母ランドルフに乗っていた家族がいて、私たちの祖父の梓特別攻撃隊によって亡くなっていると見ていい。そのため、日本の研究所への投資を問題にしているんじゃないか。どう考えても、そう考えざるを得ないな」

城戸が、いった。

岡田も肯いて、

「何しろ問題のウルシー環礁ではアメリカ兵二十五人が死に、三人が行方不明、そして負傷者百六名だからね。その中に投資者の家族がいたとしてもおかしくはない」

「アメリカ人は、そういう点はなかなか忘れないわ。日本人みたいに簡単に忘れるのとは違う」

と、かおりもいった。

「どうしたらいい？」

城戸が、二人を見る。

「このまま、我々三人の家系図を、報告したらいいのかな。それとも、戦争中は祖父が日本海軍にいたが、どんな活躍をしたのかはよくわからないと、曖昧に報告したらいいのかな。どちらがいいだろう？」

意識的に嘘の報告をしたり、曖昧な報告をしたりすれば、アメリカは調査機関が発達しているから、もし事実がわかってしまえば、こちらの研究所に資本を投下してくれる話も消えてしまうだろう。

三人は本社に行って、この話を持ってきた人事部長に相談する事にした。

城戸たちが祖父の話をすると、五十歳の人事部長は、

「そうか。君たち三人の祖父は戦争中、梓特別攻撃隊の飛行機に乗って、アメリカ軍基地に特攻したのか。大したものじゃないか」

と笑い、不意に机の引き出しから、問題の銀河の模型を取り出して机の上に置き、三人を驚かせた。

「これが君たちのいっている、爆撃機『銀河』だ」

「どうしてこんな物をお持ちなんですか？」

三人がきく。

「私も、君たちと同じ様に戦争を知らない。だが飛行機模型のマニアでね。特にこの銀河という爆撃機は終戦直前に生まれた優秀機なんだ。元々は特攻の為に作られたものではなく、優秀な爆撃機として誕生した。どうだね、スマートで素晴らしい飛行機じゃないか」

「部長が飛行機模型マニアとは知りませんでした」

城戸が正直にいい、岡田が、

「それで、どうしたらいいいんでしょうか？」

と、きいた。

「向こうには、ありのままを報告するよ。別に、君たちあるいは君たちの祖父が、太平洋戦争を始めた訳じゃないし。戦争になれば軍人は全力を尽くして戦わなければいけない。それが軍人の義務だからね。その事についてアメリカの投資ファンドが非難する筈はない。まあ、安心したまえ」

と、人事部長はいってくれた。

しかし、なかなか向こうからの回答が届かなかった。人事部長からの連絡もない。次第に城戸たちは不安になってきた。やはり、投資者の家族の誰かが戦争中、アメリカ海軍空母ランドルフに乗っており、昭和二十年三月十一日の梓特別攻撃隊の攻撃で亡くなってしまったのではないか。その事が忘れられず、投資先のRエレクトリックのアメリカ研究所にその時の子孫がやって来ると聞いて、家族の中に投資を中止する様にいい出した者がいるのではないか。もし、それで投資が中止されてしまえば、しばらくの間Rエレクトリックのシリコンバレーに設けた研究所は閉鎖しなければならなくなってしまうかもしれない。

そんな不安を覚えている時に、やっと人事部長からお呼びが、掛かった。

エアメールの封筒で、宛名はRエレクトリックの人事部長宛になっていた。差出人の方は「USAカリフォルニア　Rエレクトリックサンフランシスコ研究所」となっていて、封筒の中身は三通の、封筒に入った招待状である。その封筒の表には「KIDO　HIDEAKI」「OKADA　MITSUNAGA」、そして、「KOMATSU　KAORI」。

「まず、その中身を見て感想を聞かせてくれ」

と、人事部長がいった。

中身は東北の花巻《はなまき》から釜石までの釜石線を走るSL特急「銀河」への招待状だった。SL、蒸気機関車は一時、その煙害が非難されて日本の鉄道から姿を消したのだが、ここにきて観光列車として再認識され、多くの路線で走っている。SL銀河もその内の一つである。

「誰がこんな物を寄越したんですか？」

と、岡田がきいた。さすがに、むっとした表情になっている。

「カリフォルニアにあるうちの研究所に問い合わせてみたんだが、向こうではこんなエアメールを出した覚えは無いといっている。どうやらこれを出したのは、うちの研究所に投資をしてくれたアメリカの投資ファンドじゃないか。こっちから君たちの事を調べて報告したから、その答えではないのか。そんな気がしているんだ」

と、部長がいうが、

「どうしてこれが回答になるんですか」

と、城戸が首を傾《かし》げた。

問題の投資ファンドの名はどこにも無い。第一、このSL銀河は日本の東北を走っている鉄道である。

「君たちと全く関係が無い訳でもないよ」

部長がいった。

「どうしてですか？」

「君たちのお祖父さんは梓特別攻撃隊という名の特攻隊に参加して、昭和二十年三月に亡くなっている。その時に乗っていた特攻機が、海軍の新鋭爆撃機『銀河』だった。この招待状はSL『銀河』の招待状だ」

「しかし、同じ『銀河』でも、全く違いますよ」

城戸がいった。

「そうですよ」

と、小松かおりも、続けた。

「こちらのSL銀河の方は、特攻機とも戦争とも何の関係も無い、詩人で作家の宮沢賢治の作品『銀河鉄道の夜』から題材をとって走らせている観光列車でしょう? 同じ『銀河』でも全く違います」

三人が、こもごも真面目な顔でいう。

「そう考えると、この封筒の送り主はやはりアメリカ人だな」

城戸がいった。

「私もそう思う」

岡田が付け加える。

「アメリカ人だから、特攻に使用された爆撃機『銀河』も、宮沢賢治の『銀河鉄道の夜』の銀河も区別が付かないんだ。そして、同じ銀河だろうと思って気を利かせたつもりで手を回し、SL銀河の招待状を手に入れて送ってきたんじゃないのか。そう考えれば、問題の投資ファンドは我々の経歴について文句が無い、という意思表示じゃないのかな。それなら嬉しい招待状だよ」

岡田が勝手に解釈する。部長も微笑して、

「私も、君たちと同じ様に考えた。だから有給休暇をあげるから君達もその招待状に従って、今度の日曜日に花巻へ行って、釜石行きのSL銀河に乗ってきたまえ。三人ともこのSL銀河には乗った事はあるのか?」

と、きく。

「ありませんが、宮沢賢治は好きですよ」

城戸がいった。

「それで、SL銀河のパンフレットを貰ってきた」

と、部長が、宣伝パンフレットを三人に渡した。

カラーの豪華なパンフレットである。

最初のページには、こう書かれていた。

「SL銀河に乗ると、いつの間にか賢治の世界へと誘われている事に気づく。まさに『時空を超える旅』だ」

そして、賢治の書いた「銀河鉄道の夜」に相応《ふさわ》しい、夜の鉄橋の上を走る列車が描かれていた。

パンフレットによれば、牽引する蒸気機関車は「C58　239」で、大きな車輪が三つ付いたC形の蒸気機関車である。連結される客車は全部で四両。全て宮沢賢治にちなんだ趣向が凝らされている。

一号車は月と星のミュージアム&プラネタリウム。二号車は宮沢賢治ギャラリー。三号車も同じく宮沢賢治ギャラリーで、宮沢賢治が作り出した銀河鉄道、その世界を彼の原稿と一緒に楽しめるようになっていて、最後の四号車も同じく宮沢賢治ギャラリーだが、宮沢賢治の描いた絵画やイラスト、作詞・作曲などの自筆の物が飾られている。そして全座席指定だった。

一年中走っている訳ではなく、四月から九月までの土日と一部祝日に走っている。花巻から釜石まで往復する訳だが、三人が招待されたのは七月十九日日曜日の花巻発釜石行きの下り列車である。招待状に書かれた時刻表によれば、花巻発十時三十七分。その後、

新花巻
土沢《つちざわ》
宮守《みやもり》
遠野《とおの》
上有住《かみありす》
陸中大橋《りくちゅうおおはし》

と、停車したあと終点釜石に着く。

「うちの会社は土日休みだが、前日の金曜に有給休暇を与えるから、盛岡や花巻へ行ってどんな様子かを調べてきたらどうだ。君たちが招待状を貰って喜んで、色々と調べたりしながらSL銀河に乗ったとわかれば、向こうの投資ファンドの社長なんかも喜ぶんじゃないのかね」

と、部長がいった。

「そうですね。有給休暇が頂けるなら、金曜日から向こうへ行って、どんな観光列車なのか、前もって調べてから乗ってみます」

と、三人が約束した。それまで、城戸たちは自分の会社に投資してくれたファンドの正式な名称を教えてもらっていなかったが、この時に、

「USファンド・ロサンゼルス支部、通称2KO」

と、教えられた。

「アメリカには投資ファンドが沢山あるが、この『2KO』というのはアメリカの三大ファンドの一つ、USファンドの支部だ。今までも様々な新しい会社あるいは個人に投資していて、その利回りは二十%だといわれている。我が社の若い世代のパワーについても、仔細に調べてから、収益の確率が高いとみて投資してくれたんだ。だから三人にも頑張ってもらわないと困るよ。なるたけ投資ファンドの方に悪印象を与えない様に行動してくれたまえ」

と、部長は、最後に、釘をさした。

三人は七月十七日の金曜日、有給休暇を貰って、新幹線で盛岡に向かった。行先を盛岡としたのは、花巻や新花巻よりも大きな町で、宮沢賢治の故郷としても有名だったからである。


盛岡は梅雨の狭間で、ありがたい事に快晴だった。それだけに東北の町でも、暑い。町を歩いてみると、盛岡第一の有名人はやはり宮沢賢治で、二人目が石川啄木だという事がわかってくる。

少し遅めの昼食をとろうとして、駅近くの蕎麦《そば》店に入ると、店の壁には例の有名な、

「東ニ病気ノコドモアレバ」

の詩が額に入れて飾ってあった。メニューを見ると、宮沢賢治の好きだったメニューというのが書いてあり、温かい蕎麦になぜかラムネが付いている。

面白いので三人ともそれを注文してみる。

蕎麦は美味《うま》い。しかしラムネはとても蕎麦に合っているとは思えなかった。それでも宮沢賢治はこのメニューを贅沢で美味しいと思っていたのだろう。

この日は盛岡に一泊し、翌七月十八日土曜日。盛岡から花巻へ移動した。

駅へ行くと、SL銀河がホームに停まっていて、鉄道マニアらしい若者や、子供を連れた家族が盛んにSL銀河の写真を撮っている。

ホームで駅員の一人をつかまえて、

「明日の、SL銀河の招待状を貰ったんですが」

と招待状を見せると、その駅員は、

「明日のSL銀河は楽しいですよ。今まで皆さんにSL銀河を愛して頂いたので、明日は特別な趣向を凝らしていますから、それを楽しんで下さい」

と、笑顔でいう。

「それで、疑問があるんですけどね。ここに書かれている時刻表を見ると、花巻発十時三十七分と書いてありますね。宮沢賢治の銀河鉄道の夜を見ると、問題の銀河鉄道は夜、星空の下で走っている事になっていますけど、これで見ると昼間に走って、終点の釜石にも午後三時に着く事になっていて、銀河鉄道の夜らしくないんですが」

聞いてみた。駅員は招待状を覗き込んで、

「これ、昼間の十時三十七分じゃありませんよ。よく見て下さい。小さく『午後』と書いてあるでしょう。だから、夜の十時三十七分花巻発ですよ」

と、いう。確かによく見ると、「十時三十七分」という数字の右上に、小さく「午後」と書かれている。

「なるほど」

と肯いて、

「危うく間違える所でした。明日は午前十時にここへ来ようと思っていたんです。そうなると、釜石着も昼間じゃありませんね」

「当然でしょう。よく見て下さいよ。遠野に十二時十三分に着くんですが、それは夜中の十二時十三分ですよ。したがって、終点の釜石に着くのは午前三時八分です」

と、訂正してくれた。

確かに駅員のいう通りならば、間違いなく明日、三人が乗ろうとしているＳＬは宮沢賢治の言葉通り、銀河鉄道の夜である。

しかも、時刻表には、のっていない。

「もう一つ」

と、駅員がいった。

「小さな子供は、明日の特別銀河には乗れない事になっていますから、全員大人のお客様だけです。だから、どんな素晴らしい冒険が待ち構えているか、ぜひ、期待して乗って下さい」

「それで、もう一つ質問が——」

と、岡田が、声を掛けようとしたが、すでに駅員の姿は、ホームから消えていた。

この日。花巻駅近くのホテルにチェックインし、夕食を済ませた後もすぐには眠る気になれなくて、三人でホテル内のバーに行って飲む事にした。

バーの主人は鉄道好きで、去年から今年にかけてすでに三回も、ＳＬ銀河に乗ったといった。

「私は鉄道ファンでもあり、宮沢賢治のファンでもあるから楽しいんですが、一つだけ不満なのが、銀河鉄道の夜なのに昼間走っているんですよね。それが唯一の不満ですね」

と、いう。それを聞いて、小松かおりが、

「それはおかしいわ」

と、いった。

「今日、駅のホームで駅員さんに聞いたら、花巻発午前十時三十七分と思っていたのに、よく招待状を見たら小さく『午後』って書いてあるの。だから、明日のＳＬ銀河は午後十時三十七分という、夜、花巻を発車する事になっていますよ」

招待状に書かれた時刻を相手に見せた。

「ほらね、ここに小さく『午後』と書いてあるでしょう」

今度はバーの主人が首を傾げてしまった。

「驚いたな。私は三回もSL銀河に乗りましたけどね。いつも、花巻発は夜じゃなくて、昼間でしたよ。午前十時三十七分で、終点の釜石には午後三時過ぎに着くんです。いつもそうでした。銀河鉄道の夜らしくないと文句をいったら、この時間帯しかＳＬ銀河は走る事が出来ないんです、といわれてしまいましたけどね。どうして変えたんだろう」

と、バーの主人は、首をひねっている。

「たぶん、銀河鉄道の夜に相応しくないじゃないか、と文句をいう人が、多かったんで無理矢理この時間帯に、変えたんじゃないですか？　午後十時三十七分花巻発で、早朝の午前三時に終点の釜石に着く。銀河鉄道の夜らしい時刻表に変えたんですよ、きっと」

岡田がいった。

「そんなに簡単に時刻表を変えられるんですかねえ」

まだ、バーの主人は、首を傾げている。

バーの主人は、自分がＳＬ銀河に乗った時のパンフレットを持ち出して、三人に見せてくれた。全く同じ表紙のカラー印刷のパンフレットである。もちろん、同じ様に最後のページに、ＳＬ銀河の時刻表が載っていた。確かにそこには花巻発十時三十七分とあって、いくら調べても、「午後」という小さな活字は、見つからなかった。

「いった通りでしょう？　行きも帰りも、昼間走ってるんです。このＳＬ銀河というのは四月から九月までの土日と一部祝日に走る特別列車ですからね。

時刻表に組み込まなきゃいけないいから、夜には走らせられない。確か、私が乗っていた頃は駅員に聞いたらそういっていたんですよ。それが急に夜の出発になってしまった。簡単に時刻表には、組み込めないと思うんですがねぇ」

と、相変わらず疑問を口にする。

「確かに、その通りだと思う」

と、城戸が、結論のように、肯いて、

「SL銀河に乗った人たちが、みんな昼間しか走らないので宮沢賢治の銀河鉄道の夜に相応しくないと文句をいったんだ。だから今年から無理矢理、時刻表に組み込んで変えたのかもしれない。その最初の年にあたるんじゃないか。だから駅員がいってたじゃないか。特別な趣向があるから楽しんで欲しいって。それがこの時刻なんだよ。今までは昼間にしていたが、今年から銀河鉄道の夜らしく、夜に走る事になった。当然、窓から夜空に星が見える。それだって、SL側にしてみれば大変なサービスだと思っているんじゃないかな」

「まあ、そんな所かもしれないな」

と、岡田が、同意し、小松かおりも、

「窓から夜の星空が見えたら、何も私は文句はないわ」

2

午後七時、駅近くの店で、夕食をとった後、午後十時過ぎに、花巻駅に入った。

すでに、ホームに、SL銀河の機関車と客車四両が入線していた。

白煙が、少し煙突から出ている。発車の準備が始まっているのだ。

夜の十時三十七分発車。「銀河鉄道の夜」である。さぞかしマスコミが沢山来ているだろうと思ったのに、その姿がなかった。代わりに六十歳ぐらいの小柄な男が、プロ用のカメラで、しきりに、ＳＬ銀河の写真を撮っている。気になって、城戸が声をかけた。

「今夜、私たちもこの列車に乗るんで宜《よろ》しくお願いします」

と、声を掛けるとその男は、

「いや、私は、乗りません。写真を撮りに来ただけです」

と、いう。

「そうすると、前にも、この列車に乗られたんですか?」

「何回も乗りましたよ。しかし、いつも昼間走るＳＬ銀河でしたからね。初めて夜中に走るというので写真を撮りに来たんですよ」

と、いう。

ここでまた、特別夜行列車の話になった。何故、今夜走るのか。

「今までは、昼間しか、走っていなかったんですか?」

「そうですよ。もう、何回も走っていますが今までは、全て、昼間のＳＬ銀河だったんですよ。今回初めて夜の、それこそ銀河鉄道の夜になったというので、急いで写真を撮りに来たんですよ。やっぱり、昼間のＳＬ銀河よりは夜の方が似合いますね」

と、男は笑っていた。どうしてもその男の話が気になって、

「もう、何回も乗られたといわれましたね」

岡田も、やはり聞いてしまう。

「そうですよ。もう二十回は乗っています。私は鉄道ファンというよりマニアで日本中の列車に乗っていますが、どうしてもこのＳＬ銀河が気になりましてね。その度に、銀河は夜に走った方が良い、そう思って、たびたび投書もしたんですが取り上げて貰

えなかった。諦めていたら今夜、突然、夜走らせるというじゃありませんか。慌てて写真を撮りに来たんですよ。本当は、乗りたいんですけどね。どうしても切符が買えなくて」

と、男がいう。

「だとすると、皆さん、ＳＬ銀河は夜走った方がいい。そう思って、夜出発するＳＬ銀河を待っていた訳ですね」

「そう思います。鉄道マニアの友達が沢山いるんですが、彼等もいっていましたよ。夜走るＳＬ銀河に乗ってみたいって」

「じゃあ、これからは、夜も走る訳だから、何回も乗れるじゃありませんか」

と、城戸がいうと、男は、

「そんな事はありませんよ。さっき駅長に聞いたら、夜走るのは今夜、一夜だけだと、いっていましたからね。次のＳＬ銀河は、今まで通り、昼間走るんです。だからなおさら、切符が買えなくて残念なんですよ」

と、いうのである。

時間が来て三人は、ＳＬ銀河に乗り込んだ。蒸気機関車に、四両の客車が付いている。一号車から四号車までだが編成順は逆で、一号車が最後尾である。

三人は、まず一号車に入ってみた。何故か、城戸たちだけだった。

ＳＬ銀河は、夜に向かって走り出した。

小松かおりが、

「他の客車を見てくる」

と、いって、一号車を出ていった。

五、六分して戻ってくると、興奮した口調で、

「誰もいないわよ」

と、二人に、いう。

とっさに、城戸は、意味がわからなくて、

「誰が、いないんだ?」

と、きき返した。

「お客が、ひとりも乗ってないのよ。車掌さんは乗っているけど、他の客車にお客はいないの。乗客は、どうやら、私たち三人だけみたいよ」

「そんな筈はない。花巻駅のホームに、われわれの他に乗客がいたじゃないか」

岡田が、笑いながら、いった。かおりがてっきり、悪ふざけをしていると思ったらしい。

「あの人たちは、鉄道マニアで、SL銀河が夜走るというので、写真を撮りに来たらしいわ」

「本当に、乗客は、私たちだけか?」

「そうよ。車掌さん二人と、私たちだけ。まるで、私たち三人の貸切りみたいよ」

「貸切りか。ゆっくり出来て、その方がありがたいじゃないか」

岡田も、声を大きくした。が、やはり、気味の悪さは、残っているらしく、「しかし——」と、続けた。

「われわれ三人にだけ招待状を送ったとも思えないな。この列車だって、慈善で走らせているわけじゃないだろう。JR東日本が、利益を上げるために走らせている筈だ。それなのに、われわれ三人だけを招待したのなら、完全な赤字だよ。そんな筈はないじゃないか」

「とにかく、確認しよう」

と、城戸もいって、かおりを先頭にして、他の客車も見て廻ることにした。

二号車、三号車、四号車と、覗いてみた。

しかし、かおりがいうように、どの客車にも乗客の姿はなかった。

「車掌に、わけを聞いてみよう」

と、岡田がいった。が、車掌の姿も消えていた。

「ちょっと待って」

と、かおりがいった。

「あれは、窓の外だったわ。大きなカメラを構えて、男が、一人、じっとこの列車を狙ってたのよ」

「そんな男も見てないがね。第一、この列車が走り出すと、見物人も、いなくなったよ」

と、城戸がいった。

三人は、四号車の先を見つめた。四号車の先にあるのは、ＳＬ「Ｃ５８　２３９」だけである。

しかし、その機関車に、車掌が、乗り移る筈もなかった。

しかも、走行中にである。

何もかも、おかしいのだ。

「間もなく、次の停車駅だから、何かわかるかも知れないわ」

と、かおりが、いった。

渡されているパンフレットによれば、次の停車駅は、新花巻で、新幹線も停まる駅である。花巻発車後十一分で、到着の筈だった。

「間もなくだ」

城戸がいい、一斉に窓に眼をやった。

新花巻のホームが飛び込んでくる。五、六人のカメラを構えている鉄道マニア。

だが、停車しない。

新花巻のホームも、カメラを構えるマニアたちも、一瞬に流れ去った。

それどころか、列車は、スピードを増していく。

「どうなってるんだ？」

と、城戸が大声を出した。すぐには誰も答えが出ない。

「あれだよ！」

と、岡田が叫んだ。

「あれって、何だ？」

と、城戸。

「われわれを、このＳＬ銀河に招待した会社だよ。

わが社に投資しようというUSファンドだ。『2KO』といったかな。その投資ファンドが、われわれ三人に、招待状を送り、この列車を貸切りにして、楽しませようとしているんじゃないか」

と、岡田が、熱っぽく、いった。

「それは、ちょっと、考えにくいわ」

かおりが、異議を唱えた。

「どうして?」

「アメリカの投資ファンドは、うちの会社に投資しているんであって、まだ、海のものとも、山のものともわからない私たちに、投資しているわけじゃないわ」

「その通りだ」

と、城戸が、同意の声をあげて、

「アメリカの投資家は、シビアだから、ルーキーに、投資なんかしない。招待状なんか出さない」

「じゃあ、誰の招待だ?」

「やはり何かおかしいよ」

「何がおかしいんだ? アメリカのファンドがわれわれ三人のために、わざわざこの列車を貸切りにしてくれたんだ。理由はわからないが、俺たち三人は、本社からシリコンバレーに派遣されるんだ。それを祝して、サービスしてくれてるんじゃないか。向こうへ行ってから、ファンドの役員に礼をいえばいい」

岡田が、呑気にいう。

「C58型の最高スピードは?」

と、城戸が、きく。

「せいぜい百キロぐらいだろう。それが、どうしたんだ?」

「百五十キロは出ている」

「そんな筈はないよ。観光列車だぞ」

「車輪の音も聞こえない。飛んでるんじゃないか」

「バカなことをいうな!」

「怖いわ。早く停めないと」

かおりが、いきなり車内の非常ボタンを押した。

だが、停まらない。

土沢駅を通過。

停まらない。

城戸は、反射的に、腕時計を見た。

時刻表通りに走っているか知りたかったのだ。

だが、自慢の腕時計が、示しているのは、

「午後五時三十分」

だった。そんな筈はないのだ。

「時計が狂ってしまった」

一年で、一秒しか遅れない自慢の腕時計なのだ。

かおりが、スマホを取り出した。

画面には、絶えず、現在時刻が表示されている筈だった。

だが、そこに表示されていたのは、全く関係のない数字だった。

1945
3月11日
17：00

「何なの、これは」

かおりが、小さく叫んだ時、突然、車内の明りが、一斉に消えた。

だが、列車は、停まらない。

車内が暗くなると、窓の外は、逆に明るくなった。

夜の景色ではない。

明るい空と、流れる雲だ。

「飛んでるんだ！」

と、城戸が、叫んだ。

その声で、岡田とかおりが、窓にしがみつく。窓の外を見る。地面も、レールも見えない。

「まるで、宮沢賢治の銀河鉄道の夜だよ。このまま、宇宙空間に飛び出すのか」

岡田が、青い顔で、声をふるわせた。

「一九四五年三月十一日って何の日？」

と、かおりが、きく。

「梓特攻隊がウルシー環礁を特攻した日だ」

岡田が、答えた瞬間、激しい震動が、襲いかかった。窓の外が真っ赤に染った。何かの爆発だ。列車は上昇を続け、三人の意識がうすれていった。

＊

三人は、眠った。いや眠らされた。眠っていた時間はわからない。

城戸が眼を覚ました時、車内の様子はがらりと変っていた。明るいのだが、そこは、ＳＬ銀河の中ではないとすぐわかった。何か狭苦しい檻《おり》の中のように見える。その上、彼は、防護服のような服を着ていた。が、眼の前のガラスに映る恰好《かっこう》は、どこかで見たものだった。父の部屋で見た梓特攻隊のパイロットたち、いや祖父たちの着ていた飛行服なのだ。分厚く武骨で、その上、飛行帽をかぶり、革靴を履いている。そのうちに今、自分たちが何処にいるかわかってきた。

ＳＬ銀河の車内ではなく、ここは間違いなく、梓特別攻撃隊の爆撃機の「銀河」の機内なのだ。

爆音が聞こえる。座席ごとゆれる感じだった。

岡田とかおりも眼を覚ました。二人も同じ飛行服姿だ。だが、まだ夢の中の感じだ。

城戸の眼の前に風防ガラスがあった。その向こうに青空が広がっている。遠く雷雲が光る。南の海と空だ。

かおりは、通信機と向かい合い、岡田は機首に腰を下ろして、城戸を見つめている。

「いったい、どうなってるんだ？」

「どうやら、誰かが、我々を昭和二十年三月十一日の梓特別攻撃隊の『銀河』に乗せて、アメリカ機動部隊に特攻させようとしているんだ。他に考えられない」

城戸が、岡田に答える。

「そんな馬鹿なことなんか考えずに、さっさと外に出ようじゃないか」

と、岡田がいう。

「駄目だ。眼の下は一面の海原だ。飛び出せば、死ぬぞ」

「これは幻覚だ。何者かが、われわれに幻覚を見せてるんだ」

「だが、見えるのは、海だけだ」

「かおりは、どうなんだ?」

と、岡田が、怒鳴る。

かおりの横にある通信機が鳴った。ガサ、ガサと雑音が入るが、その間に、男の叫び声が入ってくる。

「こちら隊長機。アメリカ輸送船団に見つかった。対空砲火に注意しろ!」

間を置かずに、猛烈な爆発音と同時に、三人の乗る機体が激しく揺れた。

城戸が、操縦桿にしがみつく。

「退避しろ! 頭上の雲の中にかくれるんだ! ここで死んだら、本当の犬死だぞ。退避だ!」

隊長の声が、ひびく。

操縦桿にしがみついた城戸は、反射的に、つかんだ操縦桿を引っ張っていた。

とたんに、機が急上昇し、三人は強いGに、顔をゆがめた。

急に、静かになる。Gから解放される。

三人は窓の外を見た。逃げ込んだ雲の切れ目から、海の青さが顔をのぞかせる。

気流が悪いのか、機体が小きざみに揺れている。

「隊長機だ。現在、一七二〇、間もなく、島が見えてくる筈だ。注視して報告せよ」

「どうしたらいい？」

と、城戸が、二人にきく。

電信係のかおりが、必死で、通信機に向かって叫ぶ。

「私たちは、部外者です。この戦争には関係ありません。逃げる方法を教えて下さい」

「――――」

「隊長機、隊長機、返事をして下さい」

「――――」

かおりが、通信機を叩《たた》く。

「無駄だよ。こっちの声は、聞こえないんだ」

と、城戸が、いう。

「どうして？」

「特攻だからだよ」

「どうして？」

「父がいっていた。戦争中、特攻隊員に指名されたら、誰もが逃げずに、死んでいったと。家族のため、国のためにだ」

「そんなの嫌だ！」

かおりは、通信機を拳で叩き続ける。

逆に、隊長機からの指示が飛び込んでくる。

「こちら隊長機、現在、一七三五。一七四〇までに、ウルシー環礁に到着しなければ、日没になる。全機、速度を上げろ！」

三人の乗る機体が、急な加速で、大きく揺れた。

窓の外が、次第に暗くなってくる。

「頭上にグラマン二機。注意しろ！」

と、無線の中で、隊長が叫ぶ。

窓の外を、二条、三条の機銃弾の閃光が走り、機体が猛烈にゆれる。

操縦の城戸は、反射的に叫んでいた。

「岡田！　応戦しろ！」

岡田も、反射的に、眼の前の十三ミリ機銃の曳金を引いた。

ドドッと、弾丸が飛び出していく。激しい反動で、岡田の身体が、弾き飛ばされる。

「被弾!」

その叫びと共に、火のかたまりとなった銀河一機が、城戸たちの視界から消えていく。


「一八五六　隊長機より全機突撃せよ」

とたんに、通信機から、怒鳴り声が入り乱れて飛び込んでくる。


「暗い!　暗い!　何も見えないぞ!」

「右二十三度に、敵空母の艦影!」

「バカ!　あれは、環礁だ!」

「暗いぞ!　何とかしろ!」

その交錯する叫び声に合わせるように、城戸たちは、窓の外に眼を凝らした。

だが暗くて、何も見えない。

それでも、いつの間にか、城戸は、操縦桿を握りしめていた。そして、怒鳴っていた。

「岡田!　小松!　しっかり見て、報告しろ!」

「前方にアメリカ空母らしき艦影」

と、小松かおりが叫ぶ。

「バカ!　あれは、島影だ!」

城戸が、怒鳴り返す。

彼等三人も、昭和二十年三月十一日の現実に巻き込まれてしまったのか。

突然、前方が、真昼のように、明るくなった。

大きな火柱。

明らかに、アメリカ空母が、炎上している。

(銀河一機が、体当り成功か、いや二機か)

城戸が、とっさに思った時には、三人の機は、炎上する空母の頭を飛び越していた。

「岡田、小松、わが機も、続けて、あの空母に、突っ込むぞ」

「どうしてだ！」

「他に方法がないからだ」

「理由をいえ！」

「理由は無い！」

城戸は、怒鳴り返し、機を反転させて、炎上する空母に、狙いをつけた。

眼の前に、空母が、見る見る大きくなっていく。

一瞬の恍惚《こうこつ》。

物すごい衝撃。これは明らかに現実だ！

そして、意識が失われていく。

3

城戸は、夢を見ていた。

恐しい死ぬ夢である。だが、それはどこか、彼を恍惚とさせるのだ。

死んでしまった城戸を、人々が囲んで、何か叫び、握手を求めてくる。

その中に、母も父もいる。写真でしか知らない祖父もいる。友人もいた。

声は聞こえないのに、何をいっているのかわかるのだ。

「よくやった」

「ありがとう」

「君は立派だ」

「君は英雄だ！」

「やめてくれ！」

と、城戸が、叫んだ時、一瞬にして、人々の顔が消え、彼が、意識を取り戻した。

まだ、眼が見えず、周囲の音や、人の声だけが聞こえてくる。

「大丈夫ですか？」

と、男の声がした。

むりやり、眼を開ける。自分をのぞき込んでいる男の顔があった。

列車の車掌に見えた。

（とすると、ここは、ＳＬ銀河の車内なのか）

近くで呻き声が聞こえた。

眼を凝らす。岡田が、通路に倒れていて、それを、小松かおりが、助け起こしている。

「何があったんですか？」

城戸が、車掌にきいた。

「はっきりわからないのですが、列車が何かにぶつかったようなのです。不思議なことに、機関車も客車も無事で、走っておりますが、皆さんは、あの衝撃で、気を失ってしまわれたのではありませんか。ただいま、添乗員が、飲み物を運んで参ります」

と、車掌がいった。

確かに、ここは、ＳＬ銀河の車内で、列車が動いていることも、わかってきた。

だが、あの奇妙な体験は、いったい何だったのか。

身体が痛い。この痛さは、幻覚とは思えない。

添乗員が、やってきて、城戸の寄りかかっているテーブルに、コーヒーをいれたカップを置いてくれた。

（この若い添乗員は、いったい何処にいたのか？）

全てが、不思議に思えてしまう。

近くにいる岡田は、まだ、完全に意識が戻らないのか、かおりに向かって、

「何があったんだ？　教えてくれ」

と、聞く、というより、呻いていた。かおりが、黙っていると、添乗員の女性が、

「先程事故が、ございましたが、全く影響もなく、この列車は、終着釜石に向かっておりますので、ご

安心下さい。これは、当列車特製のコーヒーでございます」

と、城戸の時と同じ説明をして、コーヒーをすすめている。

別の添乗員が、やって来て、いわゆる添乗員口調で、

「これは、SL銀河にご乗車の方だけに、お配りしているもので、当列車にちなんだ時代時代の記念品ですが、今回は、太平洋戦争中の悲劇をつづった記念品でございます。たまには、こうしたものも、よろしいかと思いまして、用意させて頂きました」

その説明のあと、城戸たち三人に渡されたのは、「梓特別攻撃隊写真集」だった。

城戸たち三人の祖父の写真もあった。若い写真である。飛行服を着て、足を踏ん張るようにし、三人で並んで搭乗する爆撃機「銀河」の前で撮られた出撃直前の写真である。

昭和二十年三月十日、ウルシー環礁に向かって出発する時の記念写真もあった。七十人を超す搭乗員たちの写真である。数時間後には死ぬ運命にある若者たちの写真なのだが、こちらはなぜか、笑っている顔が多い。

と、いって、死を覚悟して、従容としている顔ではない。どういう表情をしていいかわからずに笑っている、そんな感じの笑顔である。数時間後の死を考えたくもない。だから笑っている。そんな顔が並んでいた。もちろん、その七十何人かの中には城戸たちの祖父の顔もあった。

梓特別攻撃隊の攻撃で体当りしたアメリカ空母「ランドルフ」の写真も載っていた。後部甲板が爆破され、壁がめくれあがり、押しつぶされた搭乗機の残骸、それを見下ろすアメリカの水兵たち。

地上で破壊されたアメリカ海兵隊の宿舎の写真。日本の特攻によって死亡したアメリカ軍兵士たちの

棺《ひつぎ》が並んでいる写真。三十近い棺が並べられている。棺には、星条旗が掛けられていて、アメリカ機動部隊の提督、スプルーアンスと空母ランドルフの艦長が並んで、その棺に向かって敬礼している写真。あの時、ウルシー環礁に突入して死んだ梓特別攻撃隊の隊員たちも、その攻撃で死に、あるいは負傷したアメリカの兵士たちも、共に、英雄であったと書かれている。

特に日本の場合は、神とされた。軍神だった。今、国民は彼らをどう思っているだろうか。写真集を見ていると、城戸の意識は、どうしてもそこへ行ってしまう。

昭和二十年三月十一日。二十代あるいは、一番若い隊員は、十七歳といわれている、その若者たちは、死ぬことがわかっていながら、アメリカ海軍基地ウルシーに向かったのである。

今日、突然その疑似体験をした。いやさせられた。しかし誰が、何のために企《たくら》んだのか、わからずにいる。

コーヒーを飲んで、城戸たちは、少しずつ落ち着いてきた。そうなると、自然に、今夜の奇妙な体験、幻覚のことを喋《しゃべ》り始めた。

「幻覚だったかも知れないけど、それでも、特攻って現実が怖かったわ」

と、かおりが、いう。

「同感だ。死は厳粛だけど、特攻はわからない。何時間か後には、必ず死ぬとわかっていながら、祖父たちが、普通の神経で、銀河を操縦していたことが、不思議なんだ。どうして、数時間、一度も逃げようと思わなかったのか。なぜ、特攻を止めようと思わなかったのか。立派なものだと思うより、不思議で仕方がないんだ。今もね」

と、城戸が、いい、

「あの頃の若者は、それを運命として受け止めていたんじゃないかな。死ぬ以外に道が無い。そう考えていた。いや、そう教えられていた。他の考えを教えられていなかったんだ」

と、岡田が、いった。

議論を戦わせていると、不安ではなくなるのだ。

「でもおかしいわ」

かおりがいう。

「だってそうでしょう？　梓特別攻撃隊によるウルシー環礁の攻撃だって、銀河という爆撃機での特攻は、失敗する確率が高いと、多くのパイロットが思っていた訳でしょう？　司令官だって、参謀だって、わかっていたと思うの。それなのになぜ実行したのかしら。案の定、失敗した訳なんだから」

「確かに梓特別攻撃隊によるウルシー環礁への攻撃は、司令官も参謀たちも、明らかにこれは失敗だったといっている」

「だからわからないの。途中経過を見ても成功する様には思われないわ。失敗は明らかだったと思う。それなのにどうして、中止しなかったのかしら？なぜ司令官や参謀たちは計画を立て命令して、パイロットたちも失敗すると思いながら、命令のままに実行して、そして失敗してしまったか。それがよくわからないの。日本人特有の精神構造が関係しているのかしら。それとも戦後の日本人は、戦争中の日本人とは違って、冷静に考えるから安心できるのかしら」

「その点について、心配な事があるんだ。今回の梓攻撃隊という名前の『梓』は、楠木正成の息子の楠木正行の詠んだ歌が、由来になっている。それでこの楠木正行について調べてみたんだ。父親の楠木正成は戦争中、『大楠公』と呼ばれて神様の様に扱われていた。多くの偉い軍人たちが何かというと、『大楠公精神』を口にした。『大楠公精神にのっとって敵を攻撃する』とか、『特攻に行く』とかいっていた。何が大楠公精神かというと、楠木正成は三百ほどの騎馬しか持っていなかった。それなのに、天皇から命令されて十万の大軍を率いた足利尊氏の軍勢と戦う為に、湊川に出陣する。当然の事ながら全滅してしまう。つまり、勝てないのをわかっていて出陣するんだ。それが素晴らしい大楠公精神と呼ばれた。太平洋戦争で、特に戦況が悪くなって日本軍の負け戦が続いていた。その時に司令官や参謀たちが口にしたのは、大楠公精神だよ。負けるのがわかっていても、死ぬとわかっていても、命令のままに出撃する。それが大楠公精神だった。ところで、楠木正成の息子の正行だが、彼も三千騎の軍隊を率いて、高師直《こうのもろなお》率いる六万の軍勢に戦いを挑んで討ち死にする。それを立派だと戦争中の司令官や参謀たちは褒めた。父親の大楠公精神と全く同じなんだ。この時、楠木正行は二十三歳。梓特別攻撃隊は二十九歳から十七歳までいて、二十代が一番多かった。

その中の一人について書いた物を読んだ事があるんだ。彼は、爽やかで若者らしい二十三歳の男だった。彼の事を心配した人たちが、『とにかく彼女を作って結婚しなさい。子供を作っておけば、あなたの血筋が続くから』そういって、彼女を世話しようとした。それに対して『私は今、そんな気にはなれない。死んでいく私が結婚したら、相手の女性が不幸になる』と、いって申し出を断り、特攻へ出撃して死んでしまった。実は、後でわかったのだが、彼には彼女がいたんだよ。結婚を約束した彼女がね。だから、世話しようとした人の話を断ったんだ。ところで、同じ二十三歳の楠木正行にも、好きな女性がいた。これは有名な話でね。将来を約束していた。その正行が死んでしまった後、彼女は髪を下ろして一生独身で過ごしたという。つまり、繰り返しているんだ。同じ事を。死にたくないのに死んでしまう。好きな女性がいるのに、彼女と結ばれずに戦いへ出ていって、死んでしまう。なぜなんだろうね。たぶん、この後も日本人は同じ事をするんじゃないか。我慢して自分の気持ちとは反対の事をしておくと、日本人は素晴らしい事、名誉な事だと思うんじゃないだろうか。そんな心配が浮かんでしまうんだ」

「それは大丈夫だと思う。戦後の青年たちは自分中心になっているからね。戦いに行けといわれれば、断って戦場とは反対の、恋人の所へ行ってしまうはずだ」

と、岡田がいい返す。なぜか、三人とも雄弁になっていた。

「そうだろうか」

城戸がいいつのる。明らかにいつもと違っていた。

「どうして城戸はそんな心配をするんだ?」

「今でも日本人は、本音で生きようとしなくて建前で生きてるからね。そして、なぜか建前の方が立派なんだと思い込んでいる。若い政治家がいるだろう。戦後生まれだから本音で生きてると思うが、そうじゃないんだ。建前で生きているんだ。権力者から命令されれば、嫌だと思いながらも、いう事を聞いてしまう。ただ、怖いから、仕方ないからというんじゃないんだ。本音を隠して上役のいう事を聞くのが、格好が良いと思っているんだ。それが証拠に、リーダーと呼ばれる官僚だって、力のある政治家に向かっては、やたらに忖度《そんたく》して自分を殺し、その政治家のいう事を聞いてしまうじゃないか。昔も今もおんなじなんだよ。日本人は変ってないんだ」

城戸が、いった時、そんな三人の会話を打ち壊す様に、車内放送が始まった。

「当列車は間もなく、終着の釜石に到着致します。到着時刻は予定通り、午前三時八分でございます」

釜石駅では、駅長が三人を迎えた。

「特別列車『ＳＬ銀河』をお楽しみ頂けましたか？」

挨拶してから「特別臨時列車ＳＬ銀河　乗車証明書」なる物を三人に配ってくれた。なかなか立派な証明書である。

城戸が、意地悪く、

「この証明書は、どんな時に役立つんでしょうか？」

と、駅長にきいた。

「それはこれからのお楽しみでございます。必ず、お役に立つ事があるはずです」

と、いわれると、それ以上質問を続ける事が出来なくなった。

三人は、用意された駅前のホテルに向かった。

午前三時過ぎ、という時間にもかかわらず、そのホテルは支配人やルームサービス係が出て来て、三人を歓待してくれたうえ、ロビーの一角に、食事が用意されていた。太平洋岸の町、釜石らしく海産物を主とした料理で、地酒も並んでいる。

酒を飲むと、城戸も少しばかりホッとした気分になった。岡田は饒舌になった。かおりも同じで、言葉が多くなっていった。たぶん、三人とも奇妙な列車に乗り、奇妙な体験のおかげで饒舌になっているのだ。

「さて」

と、岡田がいった。

「これは、誰の企みでしょうか？」

笑顔なのだ。

「答えは見つからないよ」

城戸がいった。

「どうして？　ＳＬ銀河の招待状が、アメリカから送られて来た事を考えれば、見当がつくじゃないか。うちの会社に投資をしてくれた2KOというアメリカの投資ファンドだよ」

岡田が反論し、それに対して、今度は、かおりがいった。

「でも、何の為に？　私たち、本当の新人社員でまだ何の手柄も立てていないのに。そんな新人社員に、あんなにお金を使って芝居をうったって、何の得にもならないじゃないの」

と、前にいったセリフを、繰り返す。

「確かにその通りだよ」

城戸もいった。

「岡田がいった様に、金を使ってこんな経験をさせるのはアメリカの投資ファンド以外に考えにくいが、今かおりがいったように、こんな事に大金を使う理由がわからない。われわれ新人社員にこんなに金を使ったって、何の得にもならないからね」

「問題はそこね」

かおりがいった。

「それがわかれば、このモヤモヤがパッと晴れると思うんだけど」

「でも、わからない事はわからないよ。だって、動機がわからないんだから」

と、城戸が繰り返す。

「じゃあ、落ち着いてから、ゆっくり考えようじゃないか」

岡田が提案した。

4

三人が東京本社に戻ると、人事部長から、

「どうだった？」

と、きかれた。

「ちょっと複雑で、簡単にはいえないのですが」

城戸が、代表して答えると、部長から、

「とにかく、ＳＬ銀河に乗った感想を書いてくれればいい」

　と、いわれた。

「困ることが一つあります」

「何だ？」

「今、生きている現実より、幻想の昭和二十年三月十一日の方が現実なんです。重みがあるんです」

「君らは、大学で物理を専攻したんだろ、自分で答えを見つけられないのか？」

「そうですね。今の現実はいわゆる三次元の現実なのに比べて、あの時の昭和二十年三月十一日は、五次元の重みのある現実だったんじゃないのかと」

「五次元って、どんな世界なんだ？」

「いまだに、頭の中でしか考えられない次元ですが、ひょっとして、あの時体験したものが五次元ではなかったのかと、あくまでも、今のわれわれには、幻想の世界ですが」

第三章 「殺人事件」発生

1

SL銀河が走る釜石線の途中に、民話で有名な遠野がある。

遠野は不思議な町で、駅の近くは普通の町である。それから少し離れた所に民話の里「遠野」が、まるで別の世界の様に存在しているのである。

その民話の里「遠野」に、「カッパ淵」と呼ばれる場所がある。

河童を、そこで本当に見たという地元の老人が、何人もいるという、不思議なところでもある。

その場所が、「カッパ淵」という名所にもなっているのだ。

遠野に住む老人の一人は、三度も四度も河童に会っているという。そこで本当に、カッパ淵に河童が出てくるものかどうか調べる為に、町で、その近くに監視カメラを付けた。今のところ、監視カメラが河童を捉えたという話は聞いた事が無いが、そうした話が面白くて、遠野に来る観光客の多くはカッパ淵まで足を延ばして、河童についての話を聞いたりしている。

七月二十日の月曜日、早朝。

このカッパ淵の近くで、倒れて死んでいる中年の男が発見された。右手の甲に火傷の痕があり、刺し傷や毒死の疑いは無かったが、それでも殺人と事故死二つの疑いを持って遠野警察署が調べる事になった。

　男が持っていた運転免許証から、川村文平《かわむらぶんぺい》五十二歳。住所は東京都渋谷区笹塚《ささづか》××—××コーポ笹塚八〇五と判明した。

　そこで、この住所に電話をしたが、誰も出る気配がない。恐らく一人で住んでいる人間で、遠野には観光で来たのではないか。ただ死因がわからないので、司法解剖に回す事にした。なお、遺体の近くにはカメラが落ちていた。現像してみると、遠野の景色や、カッパ淵周辺の景色が写っていた。

　遺体を調べた遠野警察署の刑事たちが一様に注目したのは、右手の甲に火傷がある事だった。

　カッパ淵周辺には、火傷をする様な物は無い。その右手の火傷が、死因と関係があるかどうかもわからず、警察としては司法解剖の結果を待つ事とした。

2

　七月二十日。東京警視庁。

　捜査一課の十津川《とつがわ》警部に、亀井《かめい》刑事が突然、

「明日一日、休暇を頂かせて下さい」

と、いってきた。

「何かあったのか？」

　心配してきくと、

「実は、テレビのニュースで知り合いが遠野で亡くなったという事を知りました。どうして亡くなったのか、それが気になりまして。遠野へ行って来たいのです」

と、いう。

「そのニュースなら、私も見たよ。確か遠野のカッパ淵とかいう所で、東京の男性が死んでいたんだろう？　その男性と亀さん、知り合いなのか」

「私の息子が鉄道マニアで」

「それは知っている」

「その縁で、鉄道写真を専門に撮っている男性と知り合いになりましてね。それが笹塚に住む川村文平という男性なんです。うちの息子と一緒に鉄道博物館へ行ったり、旅行に行ったりもしていました。その川村文平さんが突然、遠野で死んだというので、どうして死んだのか気になるので調べてみたいのです。向こうの警察に行けば、何かわかるかもしれないので、一日だけ休暇を下さい」

と、亀井は、いう。十津川は、

「ちょっと聞きたいんだが、ただ単に友人だからというだけじゃないんだろう？　他に何か気になる事があるんじゃないのか？」

「実は」

と、亀井がいう。

「亡くなった川村文平さんは、鉄道専門の写真家なんです。その為、うちの息子と知り合いになり、私とも親しくなったんですが。その川村さんが、遠野とか河童について関心があって、写真を撮っていたという話は聞いた事がないんです。ですから、なぜカッパ淵で、死んでいたのか、それが不思議で仕方ありません。私の勝手な関心ですが、現地に行ってみて、なぜ川村さんが河童に関心があったのか、それを調べてきたいと思うんです」

「つまり、死因に不審な点ありか」

「そこまではいっていません」

と、亀井が、笑った。

翌二十一日。亀井は、小学生の息子には鉄道写真のおじさんこと、川村文平が死んだ事は告げずに、一人で東北新幹線で北へ向かった。

新花巻駅で降りて、釜石線に乗り換える。遠野で降りた。事件の捜査で遠野に来た事はあるが、個人的な用で来たのは初めてである。その時にも感じたのだが、遠野は不思議な町だと思う。駅近くは普通の町で、少し離れた所に別の「遠野」があるのだ。昔と今がはっきり分かれて存在している。

民話の里「遠野」である。そこは、駅前の遠野とは全く違う雰囲気を持っていた。

カッパ淵に行くと、遠野警察署の刑事たちが周辺の写真を撮ったり、観光に来ている人たちに話を聞いたりしていた。その刑事の一人に、亀井は名刺を見せて、ここで死んでいた、川村文平について話を聞く事にした。

「まだ、司法解剖の結果が出ないのでわからないのですが、被害者川村文平さんが、ここに写真を撮りに来ていた事だけはわかっています」

と言う。

「どうしてわかったんですか？」

「実は遺体の近くに川村文平さん本人の物と思われるカメラがありました。それを現像したところ、カッパ淵など民話の里「遠野」の写真が、撮られている事がわかったのです。間違いなく川村文平さんは、ここに写真を撮りに来て、理由はわかりませんが、死んでしまったと、考えざるを得ないのです」

そのカメラと、現像した写真があるというので、遠野警察署で、見せてもらう事にした。

確かに、遠野を撮った写真や、カッパ淵を写した写真が全部で五十コマ以上あり、「とおの物語の館」の写真もあった。

遠野をゆっくりと走るバスの写真もある。ただ、亀井が気になったのは、その写真を撮ったカメラである。

かなりの高性能なプロ用カメラだが、亀井が川村と一緒にいる時に見たカメラではなかった。同じプロ用のカメラでも別の会社のカメラを使っていたからである。製造会社が違うのだ。だが、その事は遠野警察署の刑事にはいわなかった。その代わり、

「スマホは見つからなかったんですか？」

と、きいた。愛用のカメラを持っていなかった時に、スマホを使って撮っている事もあったからである。

「それを今、捜している所です」

相手がいった。

「カッパ淵のそばで、倒れていたので、倒れた時にスマホを淵へ落してしまったのではないか、そう思って、川に沿って調べているんですが、まだ見つかっておりません」

「カメラには、この写真以外の写真は、入っていなかったんですか？」

亀井が、きいた。

「いや、亡くなった川村文平さんは日本の踊りにも興味があったらしく、青森の津軽じょんがら節や、四国徳島の阿波踊りの写真などが入っています。ご覧になりますか？」

「一応、見せて下さい」

亀井は、カメラに映し出されてくる津軽じょんがらや、阿波踊りの写真を見ていった。

それを、繰り返し見たのだが、列車の写真は出てこない。それが、不思議だった。

阿波踊りの写真を撮りに行ったのなら、徳島線や大歩危《おおぼけ》小歩危《こぼけ》の写真なども撮っているはずである。それなのに、祭りやその町の写真は丹念に撮っているのだが、鉄道の写真が見つからないのだ。

津軽じょんがらのケースでも同じだった。当然、五能線《ごのうせん》の写真も撮っていそうなものだが、なぜか一枚も無い。

しかし、その事を、亀井は、口にしなかった。その代わりに、

「今日私は、新幹線の新花巻で降りて、釜石線でこの遠野に、来たんですが、川村さんが、死んだと思われる日に、釜石線で事故か、何かありませんでし

たか？」

と、きいてみた。

「それはありません。また、釜石線はＳＬ銀河という宮沢賢治にちなんだ列車が走っているのですが、その列車も別に事故で止まったりはしていません」

遠野警察署の刑事がいった。

3

夕方になって、司法解剖の結果が出た。

岩手県警によれば、死因は心臓発作だが、その説明は少しばかり奇妙なものだった。

「右手の火傷以外の外傷は発見されず、また毒物も検出されなかった。心臓についての既往症も無いことから、何か、強い恐怖を与えるものと遭遇したことが考えられるが、今のところ、それらしい報告は来ていない」


この発表に、合同捜査が決まった警視庁捜査一課の十津川は、直ちに岩手県警に行き、亀井と、事件を担当する岸本《きしもと》警部に会って、詳しい話を聞いた。死んだのが東京の人間だったからである。

「まだ、捜査中ですが、釜石線の沿線の住人の中に、事件当夜、不思議な光景を見たと証言する人が何人かいるんです」

と、岸本が、いう。

「不思議な光景というのは、具体的に、どんな光景なんですか？」

「目撃者は、古くからの住人で、夏の夜なんか、窓を開けて、外を見るんだそうです。そうすると涼しい風が入って来て、月が出ていると、釜石線のレールが光っていて、遠くに山脈があって、時には虫が鳴いている。いつもならそんな光景が見えたのに、七月十九日の夜に、外を見たら、その見なれた景色が、消えてしまっていたというのです。別の空間を見ている気がしたと」

「何人の住人が、そう証言しているんですか？」

「二人は、今いった通りに証言し、三人目は、深い霧に、眼の前が蔽れてしまって、何も見えなかったと証言しています」

「それは、七月十九日の何時頃のことですか？」

「夜の十時から十二時までで、川村文平の死亡推定時刻と一致しています」

「しかし、被害者は、釜石線から離れた遠野のカッパ淵の近くで死んでいたんでしょう？」

「それが、川村文平と思われる男を、十九日の夜九時頃、釜石線の線路の近くで、目撃したという証人が出て来たんです」

「地元の人ですか？」

「線路近くの派出所に勤務する巡査長です。この日の夜、自転車で巡回している途中、線路沿いに、カメラで、周辺の写真を撮っている中年の男を見たというのです。それが、川村文平らしいのです」

「その時は、周辺の景色が変ってなかったんですか？」

「巡査長は、全く気付かなかったといっていますから、いつもの空間だったんだと思います。多分、そのあとで、空間が変形して、いつもの見なれた空間が、変ってしまったんだと思います」

岸本警部の、そのいい方が、気になって、十津川は、

「今、岸本さんは、空間という言葉を繰り返されたので、それが気になりましてね」

と、いった。

岸本は、笑って、

「それは、三人の証人が、揃って『眼の前の空間が――』といういい方をしていたので、そのためだと思います」

「何故、三人は、そのいい方をしたんでしょう？」

「多分、その時、三人共、いつもの見なれた景色が消えてしまったことに、びっくりした。しかし、日本中の景色が変ってしまったとは思えない。変ったのは眼の前の空間だけだと思いたくて、空間が変った。変形したと、証言したんでしょうね」

「岩手県内の、他の場所で、空間が変形した場所は、無かったんですか？」

「報告は釜石線の沿線だけでしたし、翌日には、元に戻っていたと、三人も証言しています。十津川さんは、何故、空間という言葉に拘るんですか？」

今度は、岸本が逆にきいてきた。

「実は、今から一年ほど前に、今回の事件とは関係なく、『日本のベンチャービジネス』という本を読んだことがありましてね。その中に、Rエレクトリックも入ってました。ここの社長の言葉がのっていて、今でも覚えているのですが、こんな言葉でした」

十津川は、メモ用紙を貰って、次の言葉を書いた。

「今後の新しいビジネスにとって最大の獲物は、空間である。いつも、眼の前にあるのに、誰も、その利用を考えようとしない。断言するが、空間を利用できる人間、企業が、世界を制するだろう」

「このRエレクトリックが、今回の事件に関係があるというのですか？」

と、岸本が、きく。

「それは、まだわかりませんし、この会社が、空間を、自在に変える技術を持っているとは、思えません。Rエレクトリックだけではなく、日本の企業では、ゼロだと思います」

と、十津川は断定した。実は、こうした知識は、友人で、中央新聞の田島《たじま》記者から貰ったものだった。

「それなら、釜石線沿線の空間を、変えたのは、Ｒエレクトリックじゃありませんね」

「と、思いますが、今度の事件と、Ｒエレクトリックが全く、無関係とも、断言できないのです」

「じゃあ、関係ありですか？」

「その点を調べて、お知らせします」

「しかし――」

と、岸本警部は、続けて、

「日本の企業ではないとすると、何処の誰が、今回の事件を引き起こしたんでしょうか？」

「アメリカに、空間を変える技術を開発した企業があると、聞いたことがあります。ＧＥアメリカという大企業です。この会社のパンフレットには、『遂に、空間を支配した――』と書かれているそうです」

「空間を支配した――ですか」

「少し怖い宣言ですがね」

「しかし、そんなアメリカの大企業が、どうして、日本の片田舎で、そんな高度な技術を披露したんでしょうか？」

「それもわかりません。何もかもわからないのです。東京に戻り、とにかく、調べ廻るつもりです。何かわかれば、すぐ、お知らせします。その代わり、こちらで、何かわかったら、どんな小さなことでも、すぐ、お知らせ下さい」

と、十津川は、いい、翌日、亀井を現地に残し、彼自身は、急遽《きゅうきょ》、東京に戻った。

4

亀井は、まず、川村文平を目撃したという派出所の巡査長に話を聞くことにした。

「七月十九日の何時頃に会ったんですか？」

「確か、午後九時五、六分過ぎだったと思います。ひとりで、線路脇に立っていたので、職務質問をしました。素直に、免許証を見せて、自分は鉄道を専門に撮るプロカメラマンだといいました。服装もきちんとしていたし、持っているカメラもプロ用の立派なものだったので、そのまま、まっすぐ、派出所に戻りました」

と、この土地生まれの巡査長が答える。

「その鉄道写真家の男性が、翌日、遠野のカッパ淵で死んでいたわけでしょう。驚きましたか?」

「もちろん、驚きました。昨日の今日ですから」

「妙だなとは、思いませんでしたか?」

「それも感じました。あの夜は、それまで、昼間走っていたSL銀河が、初めて夜間に走ることになっていたんです。ですから、死んだ男も、あのまま、SL銀河が来るのを待っているものと思っていました。それが、カッパ淵で死んでいたんですから」

「死因については、どう思いました?」

「心臓発作ですよね。ただ、あの夜、遠野の住人の中に、突然、いつも見なれていた景色が変ったとか、消えてしまったと話す人が出てきたのです。そのことに関係があるのかも知れないと思います」

「その奇妙な証言者に会いましたか?」

「会って話を聞きました。上からすぐ証言を取れという命令がありましたから」

「その一人に、会わせて欲しい。私も話を聞きたいので」

と、亀井はいった。

遠野市内の住人の一人が、紹介された。地元の農協に勤める五十歳の男だった。

「夜、暑苦しかったんで、二階の窓を開けた。そしたら、いつもの見なれた景色が、消えてしまっていた」

という。

亀井が、その男に頼み、二階の窓を開けて貰った。

確かに、近くを、釜石線の線路が走り、畠が広がり、林があり、遠く山脈が見える。

「生まれた時から、見なれた景色ですよ。それが、消えてしまったんですよ。頭か眼がおかしくなったと怖くなって、窓を閉めて、布団をかぶって寝ましたよ。朝になったら、元に戻っていたんで、ほっとしました」

「空間が変ったみたいな証言をされていますね。何故、そんなことを、口にされたんですか?」

「遠野全体が消えてしまったら、大変じゃないですか。だから、眼の前の空間だけが変ってしまったと考えようとしたんです」

と、いった。

その日の午後になって、岩手県警は、被害者川村文平の身体の一部に火傷の痕が見つかったと発表した。

そこに、強い電圧ショックを与えられ、そのため心臓発作を起こして死亡した可能性があるという発表だった。

それまで、岩手県警は、殺人と病死の二通りを考えていたのだが、正式に殺人事件としての捜査を始めることになった。

亀井は、改めて合同捜査の要請を受けて、東京に帰り、先に帰っていた十津川に報告した。

「帰京早々、申しわけないが、これから一緒に、笹塚の川村文平のマンションに行ってくれ」

と、十津川は、いった。

二人は、パトカーで、甲州街道を、笹塚に向かった。

甲州街道と、私鉄の京王線が平行して走っているが、京王線の方は、新宿から笹塚まで、地下鉄になってしまった。

地表の方は、甲州街道に沿って、水道道路が平行に走っていて、その道路に面して十階建のマンションがあり、その八階、八〇五号室に、川村は、ひとりで住んでいた。

駐車場に車を停め、管理人に八〇五号室を開けてもらった。

２ＤＫの一般的な作りである。

部屋には、川村自身が撮ったＳＬや、新幹線、それに地方鉄道の写真が、飾ってあった。

「よほど、鉄道が、好きだったんですね」

と、亀井が、微笑した。彼の小学生の息子も小さな鉄道マニアである。

こちらは、プロの写真家らしく、プロ仕様のカメラが、棚に並んでいた。

「高そうなカメラばかりですね」

亀井が、感心する。

「われわれが使うカメラは、高くても、せいぜい五、六万だ。それに比べてプロ用のカメラは、安くても、五、六十万はするんじゃないか」

と、十津川も、感心する。

その一台を、亀井が手に取った。

「Ｃ社のカメラですね。いや、全部Ｃ社のカメラですよ。他の社のカメラは、気に入らないんですかね」

「ちょっと待て」

十津川は、急に手で制してから、テーブルの上の新聞を手に取った。

「ここに、Ｃ社の新しいカメラの広告がのっている。モデルは、川村文平だよ。だから他社のカメラは、使えなかったんだ」

「しかし、彼の死体の傍《そば》にあったのは、確か、Ｎ社のカメラでしたよ。Ｎ社製のプロ用のカメラでした。それに、遠野や、カッパ淵の写真が入っていたので、川村が、写真を撮りに、カッパ淵にやってきて、心臓発作で倒れたと考えたんです」

と、亀井が、いっきに、いった。

「それで、決まりだな。犯人がいて、川村文平を、何としてでも、カッパ淵の写真を撮りに来ていて死んだと思わせたかったんだ」

と、十津川は、いった。

「それは逆に、川村文平は、夜のSL銀河の写真を撮りに来ていたということになりますね」

「そう考えざるを得ないな」

「しかし、単に、SL銀河の写真を撮ったのなら、殺されることはなかったと思いますが」

「問題は、そこだよ。川村文平は、夜のSL銀河を撮るつもりで、別のものを撮ってしまったのかも知れない」

「それは、何ですか?」

と、亀井が、きく。

十津川は、ちょっと考えてから、

「ひょっとして、消えた空間か」

だが、その答えは、見つかりそうもなかった。

棚に並んだカメラ五台を、全て調べてみたが、列車の写真しか、入っていなかった。

5

次に、他の棚も調べてみた。

こちらには、さまざまな列車の模型が並べてあった。

小さなNゲージの列車。

更に小さなZゲージ。

HO模型もある。

実際に、石炭をくべて蒸気を作り、自分の運転で、レール上を走らせることが出来る五分の一模型もあった。

レールを敷き、駅を作り、子供を乗せて走る模型である。それは多分、川村文平の夢だったのだろう。

「列車の模型ばかりですねえ。車や飛行機の模型に興味はなかったんですかねえ」

亀井が、少しばかり、呆れたようにいった。

それが、奥の六畳に入ってみると、テーブルの上に、一機だけ、飛行機の模型が、置かれていた。

三十二分の一のプロペラ機の模型だった。

日の丸のついた、軍用機である。

「日本海軍の爆撃機、銀河だよ」

と、十津川が、いった。

「これが、今回の事件のＳＬと同じ名前の銀河ですか」

「そうだよ」

「カッコのいい双発の爆撃機ですね。これが、今回の事件とどんな風に関係があるんですか？」

と、亀井が、きいた。

「実は、さまざまな噂《うわさ》が流れていてね。そのどれが、事件と関係があるのか、わからないので調べていたんだよ」

「私が覚えているのは、向こうで、話されたＲエレクトリックの社長のことです。確か『空間を利用できる技術を開発したら、その企業が、世界を制する』という言葉です」

「そのＲエレクトリックが、シリコンバレーに研究所を作った。Ｒエレクトリックに、アメリカの三大ファンドの一つ、ＵＳファンドが投資を、申し入れてきた。気をよくしたＲエレクトリックは、若い社員三人を、シリコンバレーの研究所に送り込むことにした。その三人の祖父が、特攻隊員だったという話で、その爆撃機銀河が、特攻に使われた。名前は、梓特別攻撃隊で、昭和二十年三月十一日、九州の海軍の鹿屋基地を出撃した。三〇〇〇キロを飛び、アメリカのウルシー基地に、特攻した」

「戦果は、あったんですか？」

「二十四機の銀河で攻撃した。思ったほどの戦果にはあずかれなかったが、空母一基に、三機か四機の銀河が体当りした。その中に、三人の祖父が乗る銀河も入っていた。空母は沈まなかったが、大破し、百三十人を超す死傷者を出した。また、地上の基地も攻撃し、死者を出している」

「その特攻隊員の孫が、シリコンバレーの研究所にやってくるのを知って、アメリカのファンドが怒って、投資を止めたんですか？」

「そういう噂もある」

十津川が、いうと、亀井は、

「バカバカしい。戦争が終って、もう七十五年ですよ。それに、若い三人は、完全に戦後派でしょう。アメリカ人が、怒って、投資を止めるとは、考えられませんが」

「それで、真相を知りたくて、Rエレクトリックに話を聞きに行った。この人間に会った」

十津川は、名刺を、亀井に見せた。

Rエレクトリックの広報部長の名刺である。

「どんな説明でした？」

と、亀井が、きく。

「噂は、すべてでたらめで、USファンドからの投資には、何の問題もなく、三人の若手社員は予定通り、近日中に出発しますといっていた」

「なるほど」

「そこで、三人に会わせて欲しいと、いったんだ」

「それで、どうなったんですか？」

「日本を出発するまでの間に、いろいろと勉強する必要があって、現在別の場所で、缶詰めになっているので、会わせることは、出来ないといわれた」

「何処にいるんですか？」

「調べたところでは、軽井沢だ」

「すぐ、三人の身柄を押さえますか？」

「理由がないし、三人の日本出発は、来月八月十日とわかっているから、余裕はある」

と、十津川は、いってから、

「それより、アメリカのＧＥアメリカという企業を調べたい」

と、いった。

「例の空間を変える技術の開発に成功したアメリカの企業ですね」

「どんな技術なのか、知りたいんだよ」

と、十津川はいった。

6

十津川が、話を聞きたいと願った相手は、Ｋ大の矢沢《やざわ》教授だった。

世界の先端技術に詳しいといわれる教授だった。

この矢沢教授に会うために、十津川と亀井は、わざわざ、Ｋ大のある京都まで出かけていった。

自宅で会いたいので、西陣の自宅に来て欲しいという。

そこで、西陣を訪ねると、古い京風の造りの家に、和服姿で、二人を迎えた。

「長い外国暮しの間、日本に帰ったら、絶対に和風の生活をしたいと思っていましてね」

と、矢沢は、いい、二人のために、茶をいれてくれた。

「それで、ご用件は？　何を私に聞きたいんですか？」

と、十津川を見た。

「アメリカでは、空間を変える、或いは、空間を支配する研究が行われると聞いたんですが、その実体を知りたいんです」

十津川が、いうと、

「アメリカだけじゃない。中国も、空間を支配できれば、世界を支配できると考えて、研究しています」

と、矢沢は、いう。

「空間を支配するというのは、具体的に、どういうことを、いうんですか?」

「今まで、各国の軍部は、兵士の損害を少くすることだけを考えてきました。そのために、遠隔操作で、無人機を飛ばして、爆弾の雨を降らし、ロボット兵士を、進撃させる。兵士たちは、はるか後方で、コンピューターを操作するだけ。確かに、これなら、兵士の損害は少く、戦いに勝つことは出来るかも知れない。しかし、一定の区域を占領することは出来ません。無人機とロボットでは」

「それは、何となくわかります」

「そこで、新しく考えられたのは、空間の支配です。一定の空間を設定して、その空間を支配する。その空間を広げていけば、完全な勝利になる。そういう考えです」

「しかし、それは、不可能でしょう。敵も、同じ空間を支配しようとしますからね。そうなると、普通の力ずくの戦闘になってしまう」

と、十津川は、いった。

「そうならないような技術の開発競争なのです」

と、いうが、十津川には、ますます、わからない。その気持を代弁するように、亀井が、

「われわれにも、わかるように話して下さい」

と、いった。

矢沢は、別に腹も立てず、

「現在物理学では、五次元の世界というものを考えています。一次元、二次元という、あの理論です」

「それなら、少しは、わかりますよ」

と、十津川が、いった。

「線なら一次元、その線に高さが加われば、二次元、平面の世界になる。三次元はそれに奥行きが加

わって、立体になる。現実の世界が、三次元の世界ですよね」

「そうです」

「四次元となると、何が、加わるんですか？　立方体に、何か加えるものがありますか？」

「時間です」

「それなら、何となくわかります。具体的には全く、想像が出来ませんが、そうなると、五次元は、それに、更に何が、加わるんですか？」

「今、いったことは、純粋に物理学の世界の話だが、各国の軍部が、同じことを考えたのです。眼の前に一つの空間がある。その空間を支配するにはどうしたらいいか、物理学的に考えて、支配の技術を手に入れようとしているのです」

「アメリカの大企業GEアメリカが、それに成功したと聞いたんですが」

と、十津川がいった。

「その噂は、私も聞いていて、今、事実を調べています」

「しかし、GEアメリカは、民間企業で、アメリカ政府でも、軍でもありませんね」

「アメリカは、完全な産軍複合体、いや、軍産複合体ですから、企業の成功は、軍の成功と同じです」

「それで、どんな形で、空間を支配することに成功したんでしょうか。物理学に習ったとする、四次元の時間を組み入れたんだと思いますが、五次元に当る物として、何を組み込んだんでしょうか？」

「多分、現実です」

「現実って、待って下さい。現実は、何もしなくても、存在するじゃありませんか。こうしている間にも現実は流れている。特定の空間にもです。そんなものは、空間を支配することには何の役にも立たないと思いますが」

「ただの現実じゃありません。特定の現実です。歴史的現実といってもいい。ある空間には、その現実しか流れないのです。歴史的現実だから、敵の強力な軍隊でも、それを変えることは、出来ないのです」

「まだ、具体的に、ピンと来ないのですが」

「例えば、アメリカを主力とする多国籍軍と、イラク軍が、戦ったことがあります。双方の戦車が二千台ずつという砂漠の大戦車戦ですが、アメリカの戦車の優秀さのため、イラク軍の誇る戦車軍団を、あっという間に壊滅し、それに対して、アメリカ側（多国籍軍）は、わずかに、二、三両が、破壊されただけでした」

「その戦争は、テレビで見ました。砂漠のいたるところで、イラクの戦車が、燃えていました」

「それは、アメリカ側にとって、歴史的な勝利という現実で、それを変えることは、誰にも出来ません。その現実を、ある空間に組み込んでしまえばその空間には、その歴史的現実しか存在しないことになります。中国軍やロシア軍が、最新鋭の戦車や戦闘機で、その空間に攻め込もうとしても、失敗します。歴史的現実は、動かせませんから」

「歴史的現実だけですか？」

「もちろん、アメリカとしては、最終的には『自分たちに都合のいい作られた現実』を、ある空間に、組み込めるようにすることを考えるでしょうね。そうなれば、空間の時間、それも歴史的時間と、現実をセットにして、実現出来れば、天下無敵になります」

「昭和二十年三月十一日の現実を、ある空間に、再現することも可能ですか？」

と、十津川が、きいた。

矢沢は、微笑して、

「梓特別攻撃隊のことですか」

「わかりますか？」

「私の耳にも、いろいろと噂が、聞こえてきます」

「先生には、どんな方向から、話が入ってくるんですか？」

「最初は、アメリカの友人からです。アメリカの産軍複合体について研究している男で、彼の話では、アメリカの三大ファンドの一つ、USファンドが、日本のRエレクトリックというベンチャー企業への投資を決定したというのです。アメリカのファンドが、日本企業に投資するのは珍しいということで、知らせにきたので、私も、このRエレクトリックという会社に興味を感じて調べてみました。ベンチャー企業としては、成功していることが、わかりましたが、それ以上に、二つのことに、注目しました。一つは、社長が『今後は、空間を変える技術を開発した企業が、この世界の勝者となる』と、いっていることと、アメリカのシリコンバレーに、研究所を設けたことです。アメリカの大きなファンドが、日本企業のRエレクトリックに、投資を決めたのは、このせいだとわかりました。Rエレクトリックは、明らかに、アメリカ進出を狙っています。それで、ますます、この会社に関心を持って、その後の動きを注目していると、アメリカからの投資に気を良くして、本社から、三人の若手の社員を、シリコンバレーに派遣することを決め、その三人の名前を発表しているのです。城戸秀明、岡田光長、小松かおりの三人で、同期にN大の物理を卒業した優秀な若い社員、研究者です。Rエレクトリックが、どんな社員を選んだのか、興味があって調べてみると、偶然かも知れませんが、三人の祖父が、いずれも、海軍の特攻隊員なのです。昭和二十年三月十一日、梓特別攻撃隊で、同じ軽爆撃機銀河に搭乗して太平洋のウルシー環礁に停泊中のアメリカ機動艦隊に、特攻をかけているのです」

と、矢沢はいってから、

「十津川さんも、このことは、調べられたようですね」

と、十津川を見た。

7

「岩手県を走っている釜石線の沿線で、七月十九日夜に、殺人事件が発生しました。東京の川村文平という鉄道専門の、プロカメラマンの男で、岩手県警と合同捜査になりました。捜査を続けると、この日の夜、釜石線で走っていた『SL銀河』が、昼間の運行から、夜の運行になった日だったのです。その夜に、殺人事件が、起きています。捜査を進めると、いろいろな話や、噂が聞こえてくるのですが、いずれも、バラバラで、関係があるのかどうかがわからない。例えば、当夜、走ることになったSL銀河と、梓特攻隊の搭乗機、銀河と、ただ単に、名前が同じだけなのか、それとも、何か関係があるのかも、わからないのです」

と十津川は、続けて、

「他にも、気になる情報が入っています。釜石線の沿線に住む地元の住人三人が、同じ証言をしているのです。当夜、暑苦しいので、窓を開けた。ところが、いつも見なれている釜石線の線路や、畠や、林などの景色が、消えていたというのです。ただ、三人とも、怖くなって、窓を閉めて寝てしまった。朝起きたら元の景色に戻っていたので、昨夜のは、錯覚だったと思うと勝手に納得してしまって、進展がありません」

「Rエレクトリックの本社には行かれましたか?」

「行きました。問題の三人の若い社員に会いたかったからです。七月十九日の夜、花巻駅で、三人と思われる乗客が、SL銀河に乗るのを見たという人間が、いたからです。ところが、Rエレクトリックには、三人は、近日中に、アメリカに発《た》つので、その準備に忙しく、会えませんといわれてしまいましてね。殺人事件の容疑者というわけでもないので、諦めて、引き揚げましたが、どうも、三人は、東京本社には、いないみたいです」

と、十津川が、いった。

「三人を、何処かに、隠したのかな？」

「こちらで調べたところ、Ｒエレクトリックは、軽井沢に、社長の別荘兼、社員の保養所があるので、多分、三人は、その別荘にいるのだと思います」

「十津川さんは、当然軽井沢に行って、三人に会うつもりなんでしょう」

と、矢沢は、きく。

「このままでは、何もかも、はっきりしません。梓特別攻撃隊の孫に当る三人に聞けば、何かわかるかも知れないと思っています。先生も、一緒に軽井沢に行かれませんか。先生も、Ｒエレクトリックと、三人の若い社員に興味が、おありのようですから」

十津川が、きくと、矢沢は、一瞬、迷いの表情を見せたが、

「三人に会って話を聞きたいとは思いますが、私としては、その前にアメリカへ行き、友人と、ＧＥアメリカという企業を調べたいのです」

「友人というのは、アメリカの産軍複合体について研究している人ですね？」

「そうです。アメリカの産軍複合体というか、逆に、軍産複合体という人もいますが、アメリカ人にとって、最大の研究テーマなのです。だから研究者も、多いのです」

「この問題は、第二次大戦のあと、アイゼンハウアーが、警告したことで有名でしたね？」

と、十津川がきいた。

「そうです。アイゼンハウアーは、戦後、アメリカ大統領になりましたが、大統領を辞める時の演説

で、産軍複合体について、触れて、有名になりました。もっとも、軍との結び付きが強固な企業としてよく名前が出るのが、GEアメリカなのです」

「先生が、いわれた『空間を支配する』技術を、研究、開発している会社でしたね」

「その通りです。私が聞いたところでは、日本のRエレクトリックが、合併したがっている相手のようです。その研究、開発テーマが、成功したという話も聞いているので、アメリカへ行き、友人と一緒に調べてみたいと思っているのです」

「そのGEアメリカの開発した空間を支配する技術が、今回、SL銀河の走る釜石線で使われたと思いますか？」

と、十津川が、きいた。

「可能性はあると思います。しかし、今のところ証拠はないし、何故、そんな先進的な技術が、アジアの小さな地方列車で使われたのか、全く、理解できないのです。その点も調べたくて、急遽渡米して、友人に会いたいわけです。それにもう一つ、USファンドという、大きなファンド組織があります。このファンドは、日本のRエレクトリックに投資を決めたことで、注目を浴びていますが、私が調べたところ、GEアメリカにも、投資しているのです」

「アメリカのファンドというのは、発言力が強いと聞きましたが、その通りですか？」

「昔からアメリカは、株主の力が強い国で、最近は、『物いう株主』という言葉も生まれていますからね。ファンドが投資するということは、その分、その会社の株を取得することですから、いかに大企業といえども、大型ファンドには、頭があがらないと思います」

と、矢沢は、いう。

「最後に、どうしても、先生に聞いておきたいことがあるのです」

と、十津川は、いった。

「今回生まれた事件についてですか？」

「先生は、空間を支配するというのは、その空間を自分たちに都合のいい歴史的現実で、満たしてしまうことだといわれましたね」

「それが、どんな技術かは、わかりませんが、現象としては、他に考えられません」

「では、その歴史的現実に、ぶつかってしまったら、どうしたらいいんですか？　それを知りたいのです」

「歴史は、変えられませんから、空間が、歴史的現実に満ちていたら、逃げ出した方が賢明です」

「では、逃げるしかありませんか？」

「向こうは、よく知った歴史的現実を、一つの空間に持ち込むでしょうから、勝てるとは思えません。ただ――」

「ただ、何ですか？」

「向こうが欲張って、歴史にないものを現実に付け加えてくるかも知れません。もし、それに気付けば、反撃できるかも知れません。その部分が、欠陥になるわけです。ただ、それがどんな風に、その場にいる人間を傷つけるかは、私にもわかりません」

と、矢沢も、自信はあまりない感じだった。

それが、十津川にも伝染して、黙ってしまうと、矢沢は、それを心配して、

「軽井沢に、例の三人に会いに行くんでしょう」

「そのつもりです」

「そこで、敵が、空間を支配する技術を使ってくるかも知れませんね」

「脅《おど》かさないで下さい」

「心配なので、私の助手の井手《いで》君を紹介しておきますよ。気に入ったら、軽井沢へ連れて行って下さい」

矢沢は、自分の名刺の裏に、

「井手物理《ぶつり》」

という名前と、携帯の番号も書いてくれた。

「現在K大の研究室で働いています」

「物理というのは、本名ですか」

「K大の名誉教授だった祖父がつけた名前だそうです。ある意味、天才です」

と、矢沢はいった。

十津川は、すぐ、電話した。傍から矢沢が口添えしてくれたので、明日の午前中に会う約束がとれた。

翌日、矢沢教授は、成田からアメリカに飛び、十津川は、K大近くのカフェで、井手物理に会った。

井手は、小太りで、丸顔だった。矢沢が天才ですといったので、先入観で、瘦身で、尖《とが》った顔を想像してしまったのだ。

十津川は、正直に話した。わからないことは、わからないといい、不安についても、打ち明けた。

「今まで、鉄道写真家が一人、亡くなっていますが、これからも、犠牲者が出るような気がするのです」

「世界の強国が、空間を支配することによって、勝利者になれると考え、その技術開発に、しのぎを、削っていることは、承知しています」

と、井手は、いった。

「その手段が今回、日本の岩手県の釜石線で、実行されたのではないかという噂があるんです。七月十九日の夜、岩手県遠野に住む住人が、釜石線沿線で、見なれた光景が、消えてしまった。霧に隠れて、釜石線が見えなくなったと、証言しているのです。これが、そのまま、空間を支配することと同じかどうかはわからないのです」

「多分、同一のものでしょう」

「しかし、世界的な戦略ともいえる手段を、なぜ日本の一地方で、実行したのかという疑問がわいてしまいますが」

と、十津川は、いった。

「私は、予行演習ではないかと思います。実際の空間で、試してみたい。それも、世界的には、目立たない日本の一地方で、演習した。そんなことではないかと、私は考えます。そして実験結果を集めたのではないかということです」

井手は、ゆっくりと考えながら喋る。

「明日、軽井沢へ行き、Rエレクトリックの三人の若手社員に会って話を聞くつもりです。井手さんは、この三人の社員を、どう思いますか?」

「祖父が、太平洋戦争の末期、梓特攻隊員として、アメリカ機動部隊に突っ込んだというんでしょう?」

「そうです。私は、七月十九日のSL銀河の列車で、空間の支配という実験が行われたんじゃないかと想像もしているんです。問題の三人は、七月十九日のこのSL銀河に乗っていて、この実験に遭遇してしまったのではないかと」

「今、この三人は、軽井沢にいるというわけですか?」

「軽井沢に、Rエレクトリックの別荘兼保養所があります。多分、そこにいるのだろうと」

「わかりました。私も、この三人に会いたいと思っています」

と、井手も賛成した。

第四章　軽井沢の空間

1

城戸たち三人は、軽井沢の別荘兼保養所にいた。自分から軽井沢に逃げたのではない。本社の命令で東京から、移ったのである。

敷地五百坪、建物面積九十坪という広い別荘である。

社長が購入し、将来は社員の保養所にする話だったが、その方は、まだ計画の段階だったので、城戸たち三人以外には、管理人が一人いるだけだった。

人事部長からは、近日中に、アメリカの研究所へ出発するので、それまで、休息を取るようにいわれていた。

そのため、出発するまで別荘の中にいて、外出は禁止、外部への連絡も許されていなかった。

一日中考えるのは、七月十九日のＳＬ銀河での奇妙な体験である。

あの時、梓特攻隊によるウルシー環礁へ、実際に突入したような実感があった。

祖父たちが、爆撃機銀河と共に、アメリカの空母に突入するのを目撃した。あれは、絶対に、作られた映像ではなかった。現実だった。そうとしか考えられない。

昭和二十年三月十一日の現実の中にいたとしか思えないのだ。

しかしそうなると、当然の疑問が、次から次へと、わき上ってくるのだ。

あれは、いったい何だったのか？

誰が、何のために仕掛けたのか？

「渡米前の数日、ゆっくりと軽井沢の町を楽しみたまえ」

人事部長にいわれて、三人は、ほっとした。

彼等を襲った奇妙な現実。

あれは、いったい、何だったのか。

その正体は、わからない。ただ、令和二年今日の現実と、突然、昭和二十年三月十一日の現実が、重なり合って、三人はその現実に、放り込まれたのだ。

あれは、昭和二十年三月十一日の映写フィルムを見せられたのとは違う。間違いなく、その日の現実に、放り込まれたのだ。

もちろん、三人とも、まだ生まれていなかった一日である。

そして、三人は、昭和二十年三月十一日夕刻のウルシー環礁の上空にいた。

もっと、詳しくいえば、あの日、アメリカ海軍のウルシー基地を特攻した梓特攻隊の中にいたのである。

更に、もっと詳しくいえば、梓特攻隊の中の一機、三人の祖父たちが、操縦する海軍軽爆撃機「銀河」の機内にいたのである。

そして、祖父たちの乗る特攻機「銀河」が、アメリカ空母「ランドルフ」に突入する現実も、体感したのだ。

不思議な体感だった。

「私たち三人は、間違いなく、昭和二十年三月十一日の現実にいたんです」

と、城戸は、人事部長に、いった。

それが、上手《うま》く説明できない。

理性的に振り返れば、現在に生きる自分たちが、昭和二十年三月十一日のウルシー上空、いや、その上空を飛ぶ特攻機「銀河」の機内にいた筈はないのだ。

だが、いたのだ。

あれは、幻想ではなく、現実だった。それが上手く説明できない。

「錯覚」だと考えれば簡単である。

だが、錯覚という、うすっぺらな感覚では、決してなかった。

2

十津川たちは、軽井沢に着くと問題の別荘に、様子を見に出かけた。井手物理も一緒である。

城戸たち三人が、別荘に泊っていることは、わかっていた。

奇妙な一夜の間に、男が一人、釜石線の沿線で殺されている。

川村文平という、鉄道写真家である。

今のところ、彼が殺された理由が、わからない。

そこで、軽井沢の別荘に泊っている三人に話を聞きたいのだ。川村文平という男を知っているかどうか。奇妙な一夜と、川村文平の死と関係があると思うかどうかも、聞いてみたい。

そこで、別荘に電話をかけ、三人に話を聞きたいと、前もってアポを取ろうとしたのだ。しかし管理人は、事情があって、疲れているので、二、三日中に本社に連絡してそのあと、イエスかノーかの返事をすると、やんわり、拒否されてしまった。

そこで、十津川たちは、ひそかに、別荘の様子を見に出かけた。

旧軽井沢の中にある、立派な別荘である。

シラカバの林の中に、ゆったりと、建っている。

今のところ、この別荘の中にいるのは、城戸、岡田、小松かおりの三人と、管理人一人の四人である。

東京のRエレクトリック本社と、三人が、どんな連絡を取っているのかまでは、十津川たち三人にも、わからない。

十津川たちは、車の中から、別荘を監視することにした。

そんな時、十津川たちは、近くに停まっている車から、声をかけられた。

十津川たちが、現場に着く前から、停まっていたキャンピング・カーである。

その車には、アメリカの日系二世が三人乗っていて、その中の一人が、声をかけてきたのだ。

四十歳くらいの背の高い男だった。

「日本の警察でしょう？」

と、いきなり、こちらの車をのぞき込んできた。

十津川は、それには答えず、逆に、

「そちらは、向こうのRエレクトリックの別荘を監視しているみたいですね？」

と、聞き返した。

「私たちは、アメリカのUSファンドの支部で2KOというグループの人間です。今回Rエレクトリックに投資したのも、正確にいえば、USファンドと、いうより、2KOファンドです。それで株主からの要望で、Rエレクトリックを調べに、日本にやって来たのです」

と、相手は、いう。

「その調査の中には、今、別荘にいる三人の若いRエレクトリックの社員も、入っているようですね？」

と、十津川は、いった。

「もちろん、入っています」

と、相手は、あっさり、認めた。

「それに、城戸、岡田、小松かおりの三人の祖父が、昭和二十年三月十一日に、ウルシー環礁のアメリカ海軍基地を、特攻したからですか？」

「それも、含まれています」

これも、あっさりと、認めた。

十津川は、逆に、むっとして、

「アメリカは世界一の大国でしょう。七十五年前の戦争の中の一事件に拘るなんて、大国らしくありませんね」

と、皮肉にいってみた。

それに対しても、相手は、苦笑することもなく、

「アメリカといっても、個人個人は、考えが違いますから」

と、いった。

他の二人の中の一人が、

「車が一台、別荘の門の前に近づいてくる」

と、知らせた。

確かに、ミルキーホワイトのリムジンが、ゆっくり近づいてくるのが見えた。

「運転席に人の姿が見えないから、自動運転の車だ」

「先月発表された最新のアメリカ車だ」

「別荘内の三人に、あの車で、退屈しのぎのドライブを楽しませる気らしい」

と、2KOの三人が、勝手に喋っている。

「アメリカの研究所へ行く前に、日本の景色を、頭に、たたき込ませる気かも知れません」

と、いったのは、井手物理だった。

その予想どおり別荘から、城戸たち三人が出てきた。

「城戸秀明、岡田光長、小松かおりの三人を確認」

と、亀井が、報告した。

十津川は、小型の双眼鏡をのぞいた。

間違いなく、あの三人だ。

どの顔も、嬉しそうに、車に近づいていく。

三人が近づくと、車のドアが自動的に開く。

彼等が乗り込むと、車体が、小きざみにふるえて、エンジンが、かかったのがわかった。

だが、動き出さない。

十津川たちの眼には、停まっているようにしか見えない。

逆に、白いリムジンは、何故か少しずつ、眼の前から、消えていく。

「危ないぞ！」

2KOの一人が、叫んだ。

「連中の支配する空間に、閉じ込められたんだ」

「何とかならないんですか？　見えなければ、手の打ちようがない！」

と、十津川も、大声を出した。

「用意したものを、ここに運んで来い」

と、一人が、何処かへ連絡した。

とたんに、大型トラック二台で、機材が運ばれて来た。

三人が、それを組み立てていく。十津川たちもそれを手伝う。

たちまち、機材が組み立てられていく。

その中心部に、五十インチのテレビ画面が置かれ、そこに再び、ミルキーホワイトのリムジンが姿を現した。

動いていないが、実際には、あの空間の中では、物凄いスピードで、突進しているのだろう。

「どうなるんです？」

と、亀井が、きいた。

「あの支配された空間の中で、何年何月何日かの、自動車事故の現実が、再現されるんです。いや、もう、同じ、事故の現実が進行しているんです。もう防ぐのが、難しいかも知れません」

「何とかならないんですか？」

「あの空間で、向こうが、何年何月何日の事故を、現実として、スイッチを入れたかわかりませんからね。それがわからないと、手の打ちようがない。何しろ、向こうは、何十年前でも、もっとも悲惨な事故を、再現できる技術を持っていますからね」

さっきから、十秒きざみに、時刻が知らされている。

「五分二十秒」

と、いう数字が、向こうの空間に浮かんで、消えていく。

「五分」

の数字。

その数字が、何故か、空中で、大きく乱れたのだ。

だが、向こうの空間を流れる現実は、停止しない。

停止して見える白いリムジンは、依然として、スピートを落していないのだろう。

「あと四分三十秒」

「何とか出来ないのか?」

十津川が、叫ぶ。

「向こうは、五次元。こっちは、せいぜい二次元の技術しか持っていませんから、向こうの作った現実を止めるのは、難しいですが、二次元らしい方法で、防いでみようと思います。全く嚙《か》み合わないかも知れませんが」

2KOの三人が、用意したのはいかにも、二次元の世界の技術らしく、巨大なスクリーンボードだった。

その巨大スクリーンボードが突然向こうの支配する空間に突き出されたのだ。

その大きさで疾走する車を、楽に停められる様に見えた。こちらのスクリーンボードに衝突してである。

スクリーンボードには、

「一分」

の表示が出た。

それに並べて、2KOの三人が、あわてて、そのスクリーンボードに作った、車の三人を励ます言葉が浮き出た。


がん張れ！　絶対に助けるぞ！

歯を食いしばれ！

眼をつぶれ！　口を閉じろ！


「車の中の城戸たちに見えるんですか？」

十津川が、きく。

「わかりません。理論的にいえば、激走している車と、われわれのスクリーンボードは、異次元に存在していますから」

「おかしいじゃないか！」

と、亀井が、叫ぶ。

「今、眼の前の空間を支配しているのは、アメリカの軍産複合体のGEアメリカか、軍部なんだろう。その技術が、今、異次元の現実で、三人の若者を殺そうとしている。君たちは、Rエレクトリックの社員を、助けようとしている。しかし、この二つの企業は、合併しようとしているんじゃないのか。それなのに、どうして争っているんだ？」

「それが、わからなくて、われわれも、困っているんですよ」

と、2KOの三人も、英語と日本語を、ごちゃまぜにして、怒鳴り返す。

疾走するリムジンと、こちらの巨大なスクリーンボードが、接触した。

一瞬の期待。

だが、車は、スクリーンボードを、すり抜けた。

異次元にいるのだから、当然なのだ。

「あと五秒！」

と、誰かが叫んだ。

白いリムジンは、何かに激突した感じで、大破し、次の瞬間、城戸たち三人が、宙に投げ出されるのが見えた。

それに合わせて、まず、監視テレビの中の現実だった空間が消え何秒かおくれて、２ＫＯが作った巨大スクリーンボードも消えた。

それまで、見えなくなっていたＲエレクトリック所有の別荘や、周辺の自然が戻ってきた。

そして、もう一つの現実。倒れて、呻き声をあげている城戸、岡田、小松かおりの三人。

「助けに行こう！」

と、十津川が、叫んだ。

井手も含めて、六人が、はじかれたように、走り出した。

倒れている若い三人は、眼を開けて、駆け寄ってくる六人を見た。

何秒か前まで、支配された空間では、何年何月何日かの自動車事故の現実が進行していたのだ。

若い三人の男女の乗ったアメリカスポーツ車の高速事故。三人は即死だった。その事故の現実が、進行していたのだ。

その完全な再現。城戸たちは、間違いなく死亡する筈だった。完全な再現だから、逃れようがない。

そして、城戸たちの死は、過去の自動車事故の陰に隠れてしまう筈だったのだ。

それが、身体中に痛みは残ったが、どうやら助かったらしい。

理由は、わからない。

二次元の巨大なスクリーンボードで、白いリムジンを停車させようとしたが、次元の違いで、すり抜けてしまった。

それでも、殺人計画に、微妙な狂いを生じさせたのか。

とにかく、城戸たちは、自分たちが、生きていることを、確認した。

駆け寄ってくる人影は、何故か、なかなか傍に来ない。

代わりに、救急車のサイレンが、聞こえてきた。

突然、自分たちを乗せてきた白いリムジンが、爆発した。

立昇る火柱と黒煙。

三人の意識は、否応なしに、今日の現実に引き戻された。自分たちの置かれた状況も。

「消防や、救急が来ると、いろいろ聞かれるぞ」

「警察にも聞かれるな」

「面倒だから、逃げよう」

男二人が、いい、それに対して、かおりは、

「逃げない方が、いいと思うけど――」

「今日、起きたことを、ちゃんと説明できるのか」

「SL銀河のことだって、説明できない」

「ああ、何があったのか説明できないよ」

「それなら、逃げよう」

三人は、足を引きずるようにして、別荘の中に逃げ込んだ。

遅れて到着した消防車五台が、炎上するリムジンの消火を始めた。

その中に、救急車も、一台、二台と到着した。

救急隊員たちは、その場で、怪我人を探したが、見つからない。

3

駆け寄る十津川たちと、2KOの三人も、足を止めてしまった。

「われわれは、詰まらない事件に、巻き込まれたく

ない」

と、2KOのリーダー格が、いった。

他の二人も、肯いて、

「2KOが、関係していると思われたくない」

という。

十津川は、迷った。

間もなく、地元の警察も駆けつけるだろう。そうなれば、同じ警察の人間として、目撃したことを、説明する義務がある。

しかし、今、起きたことの本当の姿を、十津川は知らないのだ。

実体がわからないし、十津川としては、その実体の方を探りたいのだ。

もし、このまま地元の警察に協力することになれば、実体から遠ざかってしまう心配があった。

「井手さんは、どうします？」

と、十津川は、きいた。

「私は今回起きた奇妙な事件には、大きな関心がある。だが、自由な立場で、調べたい」

「じゃあ、逃げましょう！」

十津川は、あっさり決めて、先頭に立って、軽井沢駅の方向に向かって、逃げ出した。
十二、三分後に、十津川、亀井、井手の三人は、駅前通りのカフェに逃げ込んでいた。
2KOの人間だと名乗った日系の三人は、途中で、姿を消してしまった。

二人の刑事は、精神的に疲れていたが、井手は、ひとりで、興奮していた。

「五次元の研究から出発したという、ある空間を支配するという技術には、大いに関心があったんだが、現実を見て、更に強い興味を持ちましたよ」

「しかし、アメリカの企業や軍が、軍事技術として、開発したものでしょう？」

と、十津川が、いう。

「その通りです。現在アメリカ軍が、企業として、全力をあげているのは、無人飛行機、無人戦車、そして、ロボット兵士を使って、人間は、死なない戦場の研究です。しかし、これでは、戦いには勝っても、戦場は、支配できない。真の勝利ではないわけです。そこで、次の技術開発の目標は、空間の支配でした。これは、時間がかかるだろうと思っていたのですが、まだ完全ではないが、実現したのをみて、正直、私も、興奮しているんです」

と、井手は、笑顔で、いう。

「あれは、GEアメリカの開発した技術ですか？」

「他に考えられるのは、アメリカ軍ですね。まあ、アメリカ軍と、GEアメリカの共同研究のようなものですから」

と、井手は、いった。

「しかし、それなら、2KOを名乗った連中は、なぜ、Rエレクトリックのために、GEアメリカの邪魔をしたんですか？」

亀井の質問に、井手は、

「私も、それが、疑問なので、調べてみたいと思っているのです」

と、いった。

「アメリカへ行けば、何かわかると思いますか？」

「何しろ、現在、空間を支配する技術の最先端にいるのは、アメリカの大企業、GEアメリカだと、私は、思っていますから」

「GEアメリカは、同時に、軍産複合体で有名な企業でしたね？」

「その通りです」

「また、日本のRエレクトリックとの合併話もある」

「その点も、調べてきますよ」

と、井手は、約束してから、

「十津川さんたちは、これから、何を調べるつもりですか？」

と、きいた。

「今、一番関心があるのは、Ｒエレクトリックの三人の若い社員です。城戸秀明、岡田光長、小松かおりの三人のことです。Ｒエレクトリックは、アメリカの大ファンドＵＳファンドから、投資を受けることになったのを機会に、シリコンバレーの研究所に、優秀な若手三人を派遣することに決めた。この時点では、何の問題も起きていません。会社は、その三人に、城戸秀明、岡田光長、小松かおりを選んだ。会社としては、問題のない、適切な人選のつもりだったと思うのです。ところが、この三人は、七十五年前の戦争末期、アメリカ機動部隊の太平洋の基地ウルシーを攻撃し、特攻死を遂げた、梓特別攻撃隊の三人のパイロットの孫だったとわかります。問題は、このあとです。三人は、釜石線のＳＬ銀河の車内で、奇妙な体験をし、軽井沢では、殺されかける。それが、果して、祖父が、梓特攻隊員だったためなのか、それとも、このことは、関係ないのか、それを知りたいのです」

「それで、十津川さんは、これから、どうするつもりなんですか？」

「こんな本を買って来たので、読んでみようと思っています」

十津川は、ポケットから、『梓特別攻撃隊と銀河』というタイトルの本を取り出して井手に見せた。

4

戦争中、日本海軍の神風特別攻撃隊は、有名だが、梓特別攻撃隊は、あまり知られていない。

梓特攻隊による太平洋上のアメリカ海軍基地ウルシー環礁に対する昭和二十年三月十一日の攻撃は、

更に、知られていない。

しかし、太平洋上を三千キロも飛んでの攻撃であること。

優秀な「銀河」二十四機という大部隊の攻撃であること。一機三人搭乗だから、七十二人の大部隊である。

三千キロの太平洋上を飛ぶので、誘導機として、当時、日本最大の四発機「二式大艇」二機をつけるという大がかりなものだった。が、この特攻は、失敗だった。

昭和二十年三月十一日当日、ウルシー環礁には、戦艦、空母、巡洋艦などが、目白押しに停泊していたのに、その中の空母一隻を大破し、陸上基地に損害を与えただけの戦果しか、挙げられなかったのである。

城戸たち三人の祖父たちは、爆撃機「銀河」に搭乗していた。

三人の機が、空母「ランドルフ」に、体当りしたことまでは、わかっている。

昭和二十年三月十一日、夕刻、突入し、戦死して、二階級特進になっている。

使用された特攻機は、双発の軽爆撃機で、ゼロ戦と最高速度がほとんど同じで、急降下爆撃が可能、航続距離も長い優秀機だった。

もちろん、海軍としては、最初から、特攻機として、計画、製造したわけではなかった。

戦争初期に活躍した海軍の爆撃機としては、葉巻型の一式陸攻が、有名である。双発中型だがアメリカの四発と同じ航続距離を持ち、最高速度も速い。だが、欠点も大きかった。

第一に、防禦力の極端な弱さだった。

翼の中に、ガソリンタンクがある構造だが、そのタンクに、防備用のゴムが貼ってなかったため、七ミリという小さな弾丸が命中しても、発火してしまう弱さだった。そのためアメリカ軍のパイロットに、ワンショットライターと、アダ名されていた。

中型の爆撃機なのに、八名もの搭乗員が、必要だったことも、欠点の一つだった。

戦争末期に海軍が、桜花というロケット推進の特攻機を製造した時に、この欠点が、問題になった。

桜花はロケット機なので、燃料が二、三分しかもたない。そこで、敵艦の近くまで、一式陸攻の翼の下に吊《つる》して運ばなければならなかったのだが、アメリカの戦闘機に狙われることが多く、その度に、八名ものパイロットの命が、失われてしまうのである。

そうした一式陸攻の欠点をおさえた爆撃機として、考えられたのが、「銀河」だった。

計画が始まったのは、昭和十五年だったが、製造は遅れに遅れて、昭和十八年に入ってからだった。計画通りの性能のものが出来たが、あまりにも、遅く、製造機数も千機と少かった。

ちなみに、「銀河」の性能は、次の通りである。

全幅　二〇メートル
全長　一五メートル
自重　七二六五キログラム
最大速度　二九五ノット／五九〇〇メートル
上昇限度　九四〇〇メートル
航続距離　一九〇〇キロメートル
武装　一三ミリ機銃×三
爆弾　八〇〇キログラム
　又は五〇〇キログラム×二

製造機数も千機と少く、その上制空権もアメリカに奪われていては、行動も限られてしまう。

そのため、早くから、特攻機として、使用されることが、多くなった。

ほっそりした優雅なスタイルで、時速五四六キロという最高速度も、ゼロ戦に近い。ちなみに、ゼロ戦は、改造を重ねたが、最後まで、時速六〇〇キロに達することが出来なかった。

この銀河の優秀さは、後部座席に、大口径の斜め銃を備えて、あのB29迎撃用に使われたことでも、わかる。

この梓特別攻撃隊に三人の祖父が、参加していたことは、間違いない。

梓特攻隊の本には、参加した二十四機全機の写真と、パイロット全員の写真が、のっていた。

城戸秀明、岡田光長、小松かおりのそれぞれの祖父の写真と名前も、本を見ればわかる。

城戸雅明　　海軍少尉　　二十二歳
岡田光一郎　海軍上飛曹　二十一歳
小松正之　　海軍上飛曹　二十歳

この三人の愛機は、二十四機の中の「第二小隊第×番機」となっている。

双発機を三人で動かすのだから、それぞれ、役目が、決まっていた。

城戸雅明――操縦
岡田光一郎――偵察
小松正之――電信

である。

昭和二十年三月十一日朝、二十四機は、南九州の特攻基地から、ウルシー環礁に向かって、出撃するのだが、その前に、記念写真を撮っていた。

七十二人全員の写真と、一機ずつ、三人の搭乗員の写真である。

城戸たちも、愛機の前で、記念写真を撮っている。

飛行服、飛行帽、革靴を履き、三人並んで、腕を組み、前方を睨んでいる写真だ。

城戸は、士官なので、軍刀を持っている。

他の隊員たち三人ずつの写真もあるが、全員が前方を睨んでいて、笑顔のものはない。

十二時間後には、死ぬことが決まっていると、人間は、怒ったような表情になるものなのか。

七十二人、皆若い。

その中で、城戸たちの祖父三人は、揃って、年長であり、三人とも妻子があった。

それでも、現在の孫たちより、若いのだ。

十津川は、十五年余り、警視庁捜査一課で仕事をしているが、特攻がらみの事件にぶつかることもある。

その度に、十津川が、感じるのは、特攻隊員たちの若さだった。

戦争末期には、航空特攻の隊員が不足して、海軍は、予科練の卒業生、陸軍は少年飛行兵学校の卒業生を、そのまま、特攻隊員にした。

まだ十七歳である。

あまりにも、若い。

5

七月二十九日。

十津川と亀井は、渡米して矢沢に今度のことを報告するという井手を、見送るために、成田空港にいた。

「何かわかれば、すぐ、知らせますよ」

と、井手は、約束した。

サンフランシスコ行の便で出発する井手を見送ったあと、亀井と、空港内のカフェで、コーヒーを飲んでいると、

「あの男が、いますよ」

と、亀井が、小声で、十津川に、いった。

「あの男？」

「われわれと一緒に、城戸たち三人を助けようとした男です」

「あの日系二世のアメリカ人か」

と、十津川が振り返った。

窓近くのテーブルに、あの三人がいた。

2KOの三人である。その中の一人が、こちらを見たので、十津川は、手をあげ、立ち上がると、向こうのテーブルまで歩いて行った。

「ああ、ミスター・トツガワ。先日は」

と、一番背の高い男が、いった。

英語と、日本語のチャンポンのあいさつに、先日は、面くらったが、今日は、二回目なので、あわてもせず、

「今日は、アメリカに帰るんですか？」

「そのつもりで、予約をしておいたのですが、事情があって、夕方の便になりました。あと五時間あるので、夕食をすませておいた方がいいか、迷っているんです」

と、いう。

「それなら、夕食を、おごりますから、二時間ばかり、つき合ってくれませんか」

と、十津川が、いった。

夕方、午後七時頃の便に乗るというので、それまで、空港内のレストランで軽食を、十津川が、おごることで、話がついた。

個室に移ってから、十津川は、まず三人の名前を聞いた。

どう呼んでいいか、わからなかったのだ。

一番年長者が、「サカモト」ということがわかったので、十津川は、面倒くさいので、全員をサカモトさんと呼ぶことにした。

「サカモトさんに、教えて貰いたいんですが、先日、アメリカのファンド2KOの指示で、日本のR

エレクトリックの調査、特に、この会社から、シリコンバレーの研究所に派遣されることになっている三人の社員のことを調べに来たと、いっていましたね」

「そうです」

「2KOというのは、どんな団体、会社ですか？　今回、名前の出てきたGEアメリカという大企業と関係があるのですか？」

「いや、USファンドというファンドです」

と、サカモトは、いう。

「しかし、2KOと、呼んでいましたね」

「USファンドが、あまりにも巨大すぎるので、支部が作られています。小廻りが利くようにです。ロサンゼルス支部が、通称2KOと呼ばれているんです。正式名称は、USファンド・ロサンゼルス支部ですが、簡単に2KOと呼んでいます。今回のRエレクトリックへの投資を決めたのは、USファンドのロサンゼルス支部です」

「2KOというのは、何かの略じゃありませんか？」

と、十津川が、粘って、きいた。

サカモトは微笑した。

「私たちは、昔から、2KOと呼んでいて、詳しいことは、わからないのです。それに、今、いったように、正式には、USファンド・サンフランシスコ支部ですから」

「ひょっとして、2KOは、城戸、岡田、小松かおりの頭文字じゃありませんか？　城戸と小松はK、岡田はOですから、合わせて、2KO――」

十津川が、いうと、サカモトは、楽しそうに笑った。

「確かに、そうなりますが、違いますね。ロサンゼルス支部長の名前は、キドでも、オカダでもコマツでもありませんから」

「昔からですか？」

「そうです」

と、サカモトは、肯き、自分の名刺の裏に、

「木下《きのした》・A・ロドリゲス」

と、書いてくれた。

「日系のベテランの支部長さんです」

と、説明する。

「今回の日本行は、この木下という支部長に、直接命令されたんですか？」

「そうです。折角、投資を決めたのに、日本側のRエレクトリックが問題を犯しているようなので、調べてくるように、命令されました」

「それで、アメリカへ帰って、支部長にどう報告するつもりですか？」

と、十津川は、きいた。

「ありのまま、報告するつもりです」

「では、支配された空間のことも、城戸たち三人が危なかったこともですか？」

「そのままです。木下支部長には、どんなにマイナス点でも、そのまま、報告するようにと、いつもいわれていますから」

と、サカモトは、いった。

それでも、なお、十津川は、

「先日、空間を支配する技術は、アメリカの企業、GEアメリカの技術だといわれましたが、今も、その判断は、変りませんか？」

と、きいた。

サカモトは、苦笑して、

「そこまでの判断は、私たちの任務じゃありません」

と、いった。

十津川は、やっと、笑顔になった。

「そうでした。これは、私の間違いです。申しわけない」

と、頭を下げた。

6

午後七時二十分の、三人の出発を、見送ったあと、十津川と亀井は、捜査本部に戻った。

若い刑事たちが、二人を迎えて、自然に、釜石線の近くで殺された被害者川村文平のことが、改めて、話し合われた。

十津川は、川村のマンションから、事件の参考になるとして、運んで来た、「銀河」の模型に眼をやって、

「今から七十五年前の三月十一日に、この特攻機二十四機が、三千キロの彼方、ウルシー環礁のアメリカ機動部隊に特攻攻撃をかけた。その中に、今回命を狙われた城戸秀明、岡田光長、小松かおりの祖父もいた。全員が、二十代前半で、アメリカ空母『ランドルフ』に、体当りして亡くなっている。そのことが、今回の一連の事件の根にあるような気がして仕方ないんだよ」

と、刑事たちに、いった。

「それは、やはり、Rエレクトリックの若手社員三人のせいですか？」

と、刑事の一人が、きいた。

「それが、はっきりしないのだ。それで、困っている」

と、十津川は、正直にいった。

「現象だけを見れば、この三人は、完全な受け身の立場にいる。同じN大の物理を卒業して、Rエレクトリックに入社している。今も、優秀な社員であり、研究者でもある。だからこそ、社長も、アメリカに作った研究所に、この三人を派遣することに決

めたんだと思う」

「しかし、ここにきて、城戸、岡田、小松かおりの三人が、梓特別攻撃隊の隊員の孫だということが、喧伝《けんでん》されていますね。特に、マスコミが競って、取り上げています」

「マスコミの中には、最初から、Rエレクトリックが、三人が、特攻隊の孫だから、初めて派遣する社員にしたのだと書いているものもいる。この人選は、Rエレクトリックの社長が決めたといわれている。この社長は、かなり独断的な性格だから、彼が重役会議に諮らず、決めたことは、確からしい」

「それで、社長は、三人が、特攻隊員の孫だから決めたということは、ないんですか？」

「それはないと思う」

と、いったのは、亀井刑事だった。

「警部にいわれて、私がこの社長について、調べてみた。現在、五十三歳。なかなかの野心家だが、彼の家族の中に、太平洋戦争の特攻隊員はいないし、戦争に関心を持っている気配はない。彼の最大の関心は、自分の会社を、何とかして、大きくすることだと思われる。そのため、自衛隊とつながりを持ちたいと平気で喋るし、今回、アメリカのUSファンドから投資を受けると、早速、日本からの社員の派遣を決め、GEアメリカとの合併を口にしたりしているからね。しかし、問題の三人の研究所への派遣を決めたのは、あくまでも、去年同期入社で、優秀だと聞いていたからだと思う。三人について、特攻隊員の孫だということを、社長が、口にしたこともないようだし、知らなかったと思うね」

「すると、三人が、特攻隊員の孫だということに、最初に関心を示したのは、アメリカの方ですか？」

別の刑事が、きく。

「どうも、そうとしか思えないのだ」

と、十津川が、答える。

「これは、Ｒエレクトリックの人事部長から無理矢理聞き出したんだが、ＵＳファンドから、この三人について、問い合せがあったというんだ。三人の祖父は、全員が、昭和二十年三月十一日に、梓特別攻撃隊員として、太平洋のウルシー環礁にあったアメリカ機動部隊を攻撃しているのではないかといわれ、あわてて調べたら、その通りだったというのだ。この特攻は、成功とはいえないが、しかし、特攻機が体当りして、アメリカ空母一隻が大破して、死傷者が出ている。しかも遺族会ができていて、今も活動していることがわかったんだ。おまけに、三人の祖父は、同じ『銀河』という特攻機に乗っていて、空母に体当りしていることが、わかった」

「それで、Ｒエレクトリックは、投資先のＵＳファンドが文句をいってきたと、考えたんですね？」

「それを心配したといっていた。そうしたら、今度は、三人を、釜石線を走るＳＬ銀河に乗るようにすすめろと、いってきたというんだよ」

「何なんですか？　それは」

「最初は、Ｒエレクトリック側も、わけがわからなかったらしい。何とか、考えたのは、問題の梓特攻隊が使用した飛行機が、全機海軍の軽爆撃機で、三人乗りの『銀河』だった。ゼロ戦に似て、優秀な爆撃機だったといわれるが、どうもアメリカのファンドが、それを混同したらしいというのだ。三人の祖父が特攻したウルシー環礁への攻撃をストーリイにした観光列車が走っているらしい。問題の三人を、その列車に乗せ、祖父のやったことを、確認させろといってきたのではないか。Ｒエレクトリックでは、そう推理して、三人をＳＬ『銀河』に乗せることにしたというのだ」

「しかし、その夜のＳＬ銀河は、花巻駅を出発したとたんに故障して、中止になったとしか報道されませんでしたが」

「その通りだが、広報部長から、何とか聞き出したところでは、三人がSL銀河に乗って、しばらくすると、突然、周囲の空間が、一変してしまった。SL車内が、例の特攻機『銀河』の機内に変った。それだけではなく、全てが、昭和二十年三月十一日のウルシー環礁上空の特攻の現実に変ったというんだ。三人の眼の前で、祖父の乗った特攻機『銀河』が、アメリカ空母に突っ込んだと、いう」

「それは、事実ですか？　そんな話は、全く聞いていませんが」

「広報部長は、会社としては完全な箝口令《かんこうれい》を敷いているし、JRにも、金を払って、当日、何もなかったことにして貰っているらしい。それだけなら、このSL銀河の事件は、問題にならなかったし、われわれ警察とも、何の関係もなかった筈なのだ」

と、十津川は、いった。

「その通りです」

と、亀井が、肯いた。

「翌朝、カッパ淵の近くで、川村文平の遺体が発見されて、われわれと、関係が出来てしまいました」

7

十津川と、部下の刑事たちとの話は続く。

十津川にしてみれば、今までの事件の経過を復習する感じだった。

「しかし、いまだに、川村文平と、事件の関係がわかりません」

若い刑事が、不満を、口にした。

「従って、事件当夜、なぜ、この鉄道写真家が、殺されたのかわからず、捜査が、進行しません」

「それは、私も同じだよ。しかも、川村文平の死体は、釜石線の線路から離れた、遠野の民話で有名なカッパ淵で発見されている。ところが、いろいろ調べていくと、釜石線の傍で殺されたと、考えられるようになった。その上、愛用のカメラが、別の物にすり代えられていることもわかった。当然、殺人の動機は、川村文平が、何か、写してはいけないものを写したことだと考えた。この考えは、今も変らないが、何を目撃し、何を写したかが、今もわからない」

「そのあと、新しい事件が、起きましたね。軽井沢で」

「その前に、私と亀井刑事は軽井沢の別荘にいる三人に会って、SL銀河での体験について、もっと詳しく話してくれるように頼んだが、Rエレクトリック側には、間もなくアメリカに出発するので、時間がないとして、拒否された。川村文平の死と、三人との関係がわからないので、聞き取りを強制できなかった」

と、十津川がいい、そのあとを受ける形で、亀井が、

「この段階で、私と警部、それに、井手物理の三人は、軽井沢の別荘近くで、意外な人物と会った。アメリカのUSファンドから派遣されたという日系二世の三人で、一番年長者がサカモトという名前だ。彼等の話をそのまま受け取れば、今、いったように、USファンドの指示で、こちらのRエレクトリックと、例の三人の様子を、調べに来たといっていたが、彼等の心配が、眼の前で現実化して、若い三人は、アメリカの最新リムジンに乗ったところ、暴走し、危うく死ぬところだったが、辛うじて一命を取り止めた。それについては今、その経過を書いたものをコピィしているので、あとで、読んで、どう見たらいいのか、考えて貰いたい」

「例の若い三人は、誰かに命を狙われたと考えられますか、それとも偶然の事故ですか？」

刑事の一人が、当然の質問をする。

「それについても君たちに、考えて欲しいんだよ」

と、十津川は、いった。

十津川は、話を続ける。

「この事件は、難解なパズルのようなものに見える。何故、難解なのか考えてみた。私はその結果、一つの答えを見つけた。やたらに難解に見えるのは、パズルを埋めていくパーツの一つが、無いからじゃないか。不足しているからじゃないかとね」

「どんなパーツかわかっているんですか？」

「具体的にはわからないが、どんなパーツかの想像はつく」

と、十津川は、いった。

「それを教えて下さい。探しますよ」

「この場を見廻すと、全員が戦後生まれで戦争を知らない。中でも、特攻については、実体を知らないし、何よりも特攻隊員の気持がわからない。ひょっとすると、それが、肝心のパーツかも知れないと思うのだ」

「それは、例の三人の祖父のことですか？　昭和二十年三月十一日に、『銀河』で、アメリカの空母に突っ込んだ祖父たち、梓特別攻撃隊のことですか？」

「そうだよ」

「しかし、この特攻隊員たちのことを分かれというのは無理ですよ。今は、アメリカと戦争はしていないし、特攻は、必ず死ぬわけでしょう？　その気持を分かれというのが、無理だと思いますが」

「しかし、分からないと、今回の事件は、解決しないかも知れないぞ」

と、十津川は、脅したあと、

「幸い、私たちに協力してくれている、矢沢先生が渡米して、ＵＳファンドや、その支部の２ＫＯについて調べてくれることになった。また、アメリカの典型の軍産複合体の企業、ＧＥアメリカの実体についても調べてくれる約束もしている。今回の一連の事件で、問題になったのは、GEアメリカが、アメリカ軍と共同で開発したといわれる『空間を支配する』技術なんだ。これについても、矢沢先生は、向こうで調べて、報告してくれることになっている」

「今、警部の話を聞いていると、今回の事件には、体当りする特攻という古典的な軍事技術と、空間を支配するという最新の軍事技術の両方が、関係しているように見えますが」

と、刑事の一人がいった。

「いいことを言った。その通りなんだ」

十津川が答えた時、彼のスマホが鳴った。

スマホを耳に当てて、立ち上がり、刑事たちを見廻した。

「静かにしてくれ。矢沢先生のアメリカからの初めての連絡だ」

「もし、もし」

と、矢沢が、ロスから、呼びかけてくる。

「続けて下さい」

十津川は、少し声を大きくした。

「こちらへ来て、早々なんですが、見すごせないニュースを耳にしましてね。とにかく、十津川さんにお知らせしようと思って」

「どんなニュースですか？」

「Rエレクトリックの例の三人の若手社員――」

「はい」

「祖父が揃って、梓特別攻撃隊の隊員で、昭和二十年三月十一日夕刻、ウルシー環礁のアメリカ機動部隊に突っ込んで全員死亡ということになっていますが――」

「はい。梓特別攻撃隊の本を読んで、わかっています」

「ところが、三人は生きているんです。それがわかったんで、急いで電話しました」

「信じられません」

と、十津川は、いった。

ただの勘で、いったわけではない。

今回の事件を担当してから、梓特攻隊の本を読み、日本側の資料も調べていた。

この特攻には、二十四機の「銀河」が、参加したが、全機が、突入に成功したわけではなかった。

何しろ、南九州・鹿児島の基地から、三千キロの太平洋上を飛んで、ウルシー環礁まで行くのである。

一式飛行艇の先導があっても、途中で、エンジン故障だので脱落するものも出て、ウルシー環礁に到着したのは、十五機だった。

おまけに、計画では、日没直前に、ウルシーに到着予定だったが、それが日没後になってしまった。

日没前なら、停泊中の軍艦が、シルエットになっていて、体当りしやすいが、日没後は、環礁内は暗くなってしまう。その上、特攻が来たとわかれば、灯火管制が敷かれて、真っ暗に、なってしまうのだ。

案の定、十五機の「銀河」が到着した時、基地は、真っ暗だった。特攻は、レーダー攻撃ではなく目視攻撃だから、敵艦が見えなければ、体当りは出来ない。

それでも、平らな島のシルエットをアメリカの空母と間違えて突入してしまったり、水面に突入したりしたが、九機が、特攻を敢行した。

その中の一機が、空母「ランドルフ」に対して体当りに成功し、空母を炎上させたが、沈まない。それを見て、もう一機が突入したが、それでも沈まないので、城戸機が、止《とど》めを刺そうと、突入した。

あとの三機は、結局、目標が見つからず、再起を期して、当時、日本が統治していたパラオ諸島などに、不時着した。

その中の一機は、修理ができず、結局終戦を迎えてしまうのだが、その機のパイロット三人が、この戦闘について、雑誌に書いているのだ。

「その時、城戸機が炎上するアメリカ空母に突入するのが見えた。最後の打電は、『城戸機、コレヨリアメリカ空母ニ突入スル』だった。体当りした瞬間、新しい火柱があがるのが目撃された」

十津川が、これを読んでいるので、城戸少尉たち三人が、生きているとは、とても考えられなかった。

更に、城戸、岡田、小松の三家には、すでに戦死の公報が届けられ、戦争中は「軍神の家」として、三家は賞讃《しょうさん》されていた。

そんな十津川の返事に対して、矢沢は、

「現在、アメリカでは、第二次大戦終結七十五年ということで世界各地で、アメリカ軍が戦闘した、その一つ一つを再確認する作業が行われていて、昭和二十年（一九四五年）三月十一日、アメリカ時間では、十日のウルシー環礁での戦闘も、含まれています。その記事を、これから読みます」

矢沢は、それを読み始めた。

十津川は、あわてて録音ボタンを押した。

「一九四五年三月十日十八時二十分。

予想通り、日本の軽爆撃機が、ウルシー環礁に殺到した。

南西からまず四機、続けて、北から四機、最後に、東北から三機が、姿を現した。

しかし、すでに、環礁内は暗く、目標が見えない。そこで、彼等は、必死に目標を探した。中には艦船のマストすれすれまで降下して探す敵機もあった。

その中に、我慢し切れずに、平らな岩礁を、空母と誤認して突入する機も出てきた。

一機が、空母ランドルフの後尾に突入した。空母の後尾は破壊、炎上し、そこに置かれた銃座にいた水兵五人が死亡し、搭載していたグラマンＦ６Ｆ四機が破壊され、海に落下した。

続いて二機目が突入したが、空母は沈没しない。

更に三機目。この特攻機には、その後、われわれが救助した日本海軍の城戸、岡田、小松の三人が搭乗していたのだが、この機が、更に空母ランドルフに突入してきた。

フランシスは、水平な空母甲板に、九十度の角度で、つまり直角に突入してくる。それがもっとも効果があると計算しているからである。

この時も、城戸たちは、空母ランドルフの広い飛行甲板に向け、垂直に体当りしてきたのだが、二機に突入されて、ランドルフは、約四十五度の角度で、逆立ち状態になっていた。

そのため、突入した城戸たちの機は、甲板にほぼ水平にぶつかり、甲板を滑り落ちることになった。そのあと、甲板の凸部分に激突し、三人は、飛行機から、甲板に放り出された。

その時は、すでに動き出していたランドルフの救急班は、赤十字精神を発揮し、重傷を負った三名の日本軍パイロットを艦内の病室に運び、治療を始めた。

一方、司令室では、Ｆ６Ｆの小隊を呼んだが、彼等が到着した時には、日本の特攻機は、全て姿を消していた。

われわれが治療に当った三人の日本人パイロットは、三日間人事不省が続き、だが四日目には、意識を取り戻した。

アメリカ本国から、日本語に堪能な法務官がやってきて、三人の訊問《じんもん》に当ったが、彼等の態度はすこぶる非協力的だった。

何も答えないだけでなく、しばしば、自殺を企てて、法務官を困惑させた。日本の軍人にとって、捕虜になることは、最大の恥辱であることは、われわれも知っていたが、それでもなお、われわれの眼を盗んで、自殺を図る精神は、不可解だった。

それでも、三人が、梓特別攻撃隊に所属し、それぞれのフルネームと、階級がわかったので、われわれは、国際赤十字を通して、三人が捕虜になっていることを日本政府に伝え、心配しているだろう三人の家族に、彼等が無事であることを伝えて貰うことにした。

しかし、日本政府の対応も驚くべきものだった。われわれの説明を全く信用せず、すでに、三人の死は家族に伝えており、軍神の名誉を与えられている。生きていて捕虜になったなどというデマは、絶対に信用できないといって、通信を切ってしまったのである」

8

「しかし、間もなく戦争は終った筈です。軍隊は解散して、捕虜のことも忘れられたと思うから、三人も帰国することになったんじゃありませんか?」

と、十津川が、きいた。

「アメリカ政府も、戦後は、三人に帰国の意志があれば、帰国させようと考えたようです。パールハーバーで、日本軍人で最初に捕虜になった特殊潜航艇の乗組員でも、戦後、帰国していますからね。ところが、日本国内の事情を、ひそかに調べてみると、三人が戦死したことで、未亡人になった三人の妻たちは、戦後を迎え、新しい生活に入る決心をして、次々に再婚してしまったのです。それもそれぞれの家系を守るために、わざわざ婿を迎えているのです。それを知った城戸たち三人は、帰国することを諦め、自分たちも、アメリカで家庭を持つことを、決意したといいます」

「しかし、戸籍というか、国籍を失くしているわけでしょう？　それは、どうしたんです？」

十津川が、きいた。

「そうです。アメリカで生きていくとしても、国籍が必要です。しかし、勝手に名前をつけられない。そこで考えたのが、戦争中、危険人物として何万人もの日系人が、強制収容所に監禁収容されました。ひどい扱いで、収容所の中で、何人も死にましたが、その多くは、家族はいないと主張しました。つまり、孤独な人間として死んでいったのです。アメリカ政府は、城戸たち三人に、その孤独な人間の名前をつけさせたのです。城戸雅明海軍少尉が、A・木下、岡田光一郎海軍上飛曹が、K・丸山《まるやま》。小松正之海軍上飛曹がN・渡辺《わたなべ》です。その後、三人は結婚しました。城戸は、南米系の女性と結婚して、フルネームは、木下・A・ロドリゲス。岡田は、丸山・K・アレキサンダー。小松は渡辺・N・ランディです」

「なるほど。帰国を諦めて、日系アメリカ人として生きる覚悟を決めたわけですね」

「そうなると、日本人的生まじめさで働き、三人で資産を作り、財産の多くを、USファンドにあずけることにしたのです」

「2KOじゃないんですか？」

「USファンドは、巨大すぎて、動きが鈍くなるので、各州に支部を置くことになりました。ロスに置かれた支部に、三人は金をあずけて、支部の通称を、2KOファンドとし、支部長に、木下・A・ロドリゲスがなっています」

「USファンドが日本のRエレクトリックへの投資を決めていますが、実際には、USファンドの2KOファンドが、決めたんじゃありませんか」

と、十津川は、きいてみた。

「だと思います」

「三人の特攻隊員が健在だとすると、かなりの年齢ですね」

「三人とも九十代です。私としては、三人を探して、直接話を聞いてみようと思っています。ああ、それから井手君に会って軽井沢の話、聞きましたよ。理由はわかりませんが、アメリカのグループの一つが、あせっている感じですね。それも調べてみますよ」

と、矢沢が、切ろうとする。

「ちょっと待って下さい」

十津川は、あわてていった。

「私としても、ぜひ、会いたい。すぐ、本部長の許可を取って、そちらへ飛ぶので、同行させて下さい」

第五章　望郷

1

十津川は、すぐ本部長に捜査のために一週間のアメリカ行を懇願した。

もし、却下されたら、休暇を取り、自費で渡米するつもりだった。

その思いが、三上《みかみ》本部長にも伝わったのか、珍しく、あっさり亀井と二人の渡米を許可してくれた。

直ちに、ロサンゼルス行の手配をし、矢沢に、連絡した。

翌日には、二人はロサンゼルス空港に着き、矢沢の迎えを受けていた。

矢沢は、十津川に向かって真顔で、

「私も、役所がらみの仕事をしたことが何回かありますが、こちらの要望どおりに動けたことは、めったに無かった。そのことを考えると、こんなに早く、十津川さんを迎えられるのは、奇蹟《きせき》ですよ」

と、いった。

「警視庁としても、こんなにスムーズに許可が出たのは異例です。多分、今回の事件の複雑さが、上にはわからなくて、仕方なく、私たちに委《まか》せているんだと思います」

十津川は、最後には、笑い、矢沢が用意したレンタカーに乗り込んだ。

走り出してから、

「今日、会うのは、城戸元海軍少尉、現在の名前は、木下・A・ロドリゲスです」

と、矢沢が、いった。

「先生も、会うのは、今日が初めてですか？」

「そうです。アポが必要なので、電話で短い会話はしましたが」

「どんな感じでした？」

「難しい日本語を使おうとして思い出せず、いらいらしているのが、印象に残っています。それでも、広大な邸《やしき》に住むセレブの一人ですよ」

「どのくらい時間がかかります？」

と、亀井がきいた。

「地図では、時速八十キロで、二時間くらいかな」

「日本なら、別の町へ着いてしまいますよ。それでも、ロス郊外ということでしょう」

六車線のハイウエイを、北に向かって走る。

「仕事の都合で、一年間、アメリカ暮しをしたことがありましてね」

と、矢沢が話す。

「一番困ったのが、時間と距離の観念でしたね。ある時、大企業のCEOに会うことになって、別荘へ来てくれというので、どのくらいの時間を考えればいいか聞いたら、一時間半といわれましてね。日本的に、車で一時間半と考えたんですが、向こうは、自家用ジェット機で一時間半と考えていたんですよ。あとで笑われました。アメリカの企業のCEOは、みんな自家用ジェット機を持っているのを、忘れていたんです」

「今日は、大丈夫でしょうね」

「今回は、きちんと調べたから大丈夫です」

と、矢沢は、笑う。

しかし、時速八〇キロで二時間は遠く長い。

「しかし、まだ、三人の特攻隊員が生きているなんて信じられません」

と、十津川と亀井が、繰り返した。

窓の外の景色は、ゆっくり変っていくが、日本ほど劇的ではないから、眠くなってくる。

正確に、二時間で到着。

海が見える高台に広がる邸宅だった。

何処かに、日本を思わせる家なのかと思っていたが、全くの西欧風だった。

邸の中には、日本的な匂いはない。

庭に三面のテニスコートがあったが、それは、スペイン系の孫が、プロのテニスプレイヤー志望なので、彼のためのプレゼントらしい。

初めて会った城戸雅明は、「銀河」の前で腕を組む写真より、小柄な感じだった。

それでも、九十七歳の元海軍少尉は、

「これでも、昔は、五尺六寸のイジョーであった」

と、胸を張った。

多分「偉丈夫」といいたかったのだろうと、十津川は、勝手に解釈した。

その彼が小柄に見えたのは、紹介してくれた家族が、皆大きかったからだ。その家族との会話は、スペイン語と英語だった。

城戸本人も、ひょっとすると和服姿で現れるのではないかと思っていたのだが、ひらひらのついたスペイン風の服だった。

テーブルに出されたのも、アメリカ製のビールと、果物だった。

それが、家族がいなくなると、急に立ち上がって、

「私の一番好きなところへ案内する。そこで話をしたい」

と、いった。

二階か、別室に移るということかと思っていると、さっさと、邸を出て、広い庭を横切り、小さな森に入って行った。

そこに、みすぼらしい一軒屋が建っていた。

木造の瓦屋根の家である。貧弱だが、何処か、なつかしい。

玄関には、古めかしい電灯がつき、木製の表札が、かかっていた。そこに書かれていたのは「城戸」の漢字だった。

玄関をがらがらと音を立て開けて中に入る。

表から想像できる六畳と三畳のたたみで、台所とトイレはついているが、浴室はない。

六畳には、丸いテーブル、いやちゃぶ台が置かれ、十津川たちは、その周りに座った。

「この家は、私が少尉に任官し、佐渡子と結婚して、初めて住んだ貸家だ。今まで、忘れたい、忘れようとだけ思っていたのだ。今年になって理由あって、自分で建てた。岡田と小松の二人も手伝ってくれた」

「何という名前をつけたんですか?」

と、矢沢が、きいた。

「そうだな」

と、城戸は、一瞬、迷ってから、

「望郷――かな」

と、いった。

「何故、急に、望郷だったんですか?」

と、十津川が、きいた。

「その前に、ちょっと、酔わせてくれ」

城戸は、台所から人数分のグイのみと、一升瓶を持ってきた。

「この酒は、昔から九州・鹿児島の地酒でね。昭和二十年三月十一日に梓特別攻撃隊の一員として、ウルシー環礁めがけて出撃する時、全員で飲んだ」

と、いい、十津川たち一人一人に、注《つ》いで廻った。

2

「私は、いや、われわれは、ある時から、全てを捨てることにした。日本人であること、日本に家族がいることを捨て、日系アメリカ人として、生きていくことを決めた。望郷という言葉も捨てた。そして、アメリカ社会を生まれ育った場所と決め、ひたすら、働いた」

城戸は、宙を見すえるようにして、喋った。

「戦後七十年余り、ようやく日本を忘れ、アメリカ人になったと思っていた。こちらでの家族も出来、資産もあり、USファンドの会員になったばかりでなく、ロス支部の責任者にもなった。私が、2KOという名前もつけたのではない。あくまでも、USファンドのロス支部だった。日本の企業、Rエレクトリックへの投資を決めたのも、日本の企業だったからではない。それまでにも、日本の企業に投資を決めたことはあった。Rエレクトリックも、AI企業として将来性ありと見、また、日本に研究所を作らず、アメリカのシリコンバレーに研究所を設けたことにも感心してのことだった。ところが、その研究所に、若い社員を派遣すると知らせてきて、その三人の名前に、私、いや、われわれは、愕然とした」

と、ここで、城戸は、小さく息を吞んで、

「城戸秀明、岡田光長、小松かおりと、三人の名前を見たとき、われわれは、これは神の啓示なのか、それとも悪魔の誘惑か、どちらだろうかと迷った。とにかく、この三人について、Rエレクトリックに、家系図を送ってくれと頼んだ。向こうが、どう思ったかはわからないが、三人の家系図が送られてきた」

「その中に、あなたの名前が、あったんですね」

「私の名前だけじゃない。妻の佐渡子の名前も、岡田と小松の名前も、彼等の妻の名前もだ」

「写真も送られてきたんですか？」

「三人の孫の写真もだが、やはり、どこかわれわれに似ていた」

これは、独白に近かった。

第三者の十津川にしてみれば、祖父と孫の顔立ちが似ていて当然だと思うのだが、城戸にとっては、そのことがショックだったのだろうか。それとも喜びだったのだろうか。

「それで、日本は、どうなりました？　遠い存在のままでしたか？　それとも、少しは戻ってきましたか？　私としては、それが知りたい」

と、矢沢が、学者らしい質問の仕方をした。

「うーん」

と、城戸が、唸った。

矢沢は、「え？」という顔で、城戸の次の言葉を、待っている。

「人間は、弱いねえ。脆《もろ》いものだね。それともこれは、日本人の弱さなのかね」

城戸は、小さな溜息をついた。

そのあと、城戸は、突然堰《せき》を切ったように喋り始めた。それは十津川や、矢沢に向かって喋っているというよりも、自分に向かって喋っているのだった。

「七十年余り、私は、いや、われわれは、日本を忘れ、日本人であることを捨て、必死になって、アメリカ人になろうとした。日本の妻も家族も、捨てたんだ。アメリカ人になって、結婚した、こちらの妻や家族のことだけを考えることにした。七十五年間だよ。英語も話せるようになったし、スラングも、平気で口から出るようになった。こちらでの家族も増え、資産も大きくなった。ファンドの会員として尊敬されるようにもなった。それなのに、三人の孫の名前を知り写真を見たとたんに、そんな自信は、ガラガラ崩れてしまったんだ。私だけじゃなく、岡田も、小松もだ。昨日まで、もう死ぬまで日本の土は踏むまい、日本の家族にも会うまいと決めていたのに、三人で酔っ払って、「『あの孫たちに何とか会えないか』と、いい出す始末だった」

「それで、この家を建てたんですか？」

と、矢沢が、きいた。

「自分がだらしがないことは、わかっている。日本を忘れろ、アメリカ人に徹せよという七十五年間の呪文は、あっさり消えて、いつの間にか、この家を建てていたんだ。一度、反動が始まると、ブレーキが利かなくなってしまった。情けないとは思うんだが、これがどうしようもない甘美な誘惑でね」

「結果的に、三人で孫たちに会うことにしたんですか？」

十津川がきくと、城戸は、じっと天井を見つめたあと、

「その辺のことは、岡田と小松の話も聞いてやって欲しい。連絡すれば、すぐ来る筈だ」

と、いった。

3

ロスにいるのは、城戸と岡田で、小松は、ニューヨークだったが、そこはアメリカらしく、連絡を取ったその日中に、城戸の家にやってきた。

このあとの話は、狭い日本家屋の中では、余計、望郷の心が強くなるとして、二階の広い書斎に全員で移った。

「とにかく、孫に会うくらいはいいだろうという話になったんだ」

と、岡田元上飛曹が、いった。

「今から考えると、それも弁明だな」

と、小松元上飛曹が、いった。

「怖くて、酔わないと、本音をいえなかったんだ」

城戸元少尉が、いう。

「それで、三人とも、孫に会うことにしたんですね」

「そうだよ。正直にいえば、三人で、孫に会おうと決めた瞬間、ほっとした。会うか会わないかで迷っている間は、やたらに、重苦しい気持だったからな」

「あれは、本音は会いたいのに、何とか、会わない理由を考えていたからだよ」

と、岡田がいい、小松は、

「会うことにしたあとは、会う方法が、問題になった。何しろ、昭和二十年三月十一日に、特攻死したことになって、その後、七十五年間、死んだままだったからね」

「正直に、実は、死んでなかったといえば、いいんじゃありませんか」

と、十津川がいった。考えてみれば、今、書斎にいる六人の中で、四十歳の十津川が一番、若いのだ。

「それには、捕虜になっていたことも、話さなければならない」

と、岡田。

「戦争中は、捕虜になることは、日本人として、最大の不名誉だったかも知れませんが、今はどうということもないでしょう」

「いや。今も、自分たちの心の中では、不名誉な話なんだ」

「それで、どう克服したんですか？」

と、矢沢が、きく。彼は、三人の了解を取って、録音器を廻していた。

「実際の特攻が、どんなものか、孫たちにも、味わって貰えば、その行動が、どれほど勇気がいるものなのか、わかって貰えるのではないかという結論になった」

「しかし、また戦争を始めるわけにはいかないでしょう？」

「われわれのUSファンドは、GEアメリカにも、資金を提供していた。そのGEアメリカでは、軍の要望もあって、『空間を支配する』技術を開発していた。その技術については、難解だったが、ある空間を支配すれば、その中では、自由に現実を変えられる。昭和二十年三月十一日の現実も、その空間で、再現できると聞いてね。アメリカは、異常なほど、株主を優遇する社会だから、GEアメリカに、その技術を株主のわれわれに貸してくれないかと、交渉したんだ。意外にあっさりと、オーケイしてくれた。もちろん、全て、GEアメリカの技術者が、仕切るという条件でね」

「それで、釜石線のSL銀河への招待になるわけですね？」

「とにかく、三人の孫を、警戒させずに、昭和二十年三月十一日のウルシー環礁への梓特攻隊の攻撃の現実にぶつける必要があったからね。だから、GEアメリカの技術者たちと話し合って、SL銀河への招待ということになった」

「理由は、何ですか？」

「第一に、釜石線自体は動かない。第二にSL銀河という一本の列車は、空間として支配しやすい。第三に、JRは、金を払えば、こちらの実験に協力してくれる。これが、SL銀河を選んだ理由だ」

「皆さんは、あの日、釜石線の現場に来ていたんですか？」

「いや。アメリカにいた」

「どうして、現場に来なかったんですか？」

「それは自信がなかったからだ」

と、岡田が、いった。

「戦争中なら、われわれのカミカゼは、神のように賞讃された。が、今の日本の若者が、どう受け取るか不安だった。野蛮に映るかも知れない。全て無駄死という声も聞こえていたからね」

「昭和二十年三月十一日の特攻のすさまじさは、十分、三人の若者に伝わったみたいですよ。その点は成功だったと思いますが、皆さんは、失敗だったと、受け取ったんですか?」

矢沢が、きいた。

「GEアメリカは、USファンドのわれわれに、問題の技術を貸してくれたが、もともとは、軍事技術、それも最高のだからね。外部に洩れるのを心配して、当日、GEアメリカの技術者三人が、現場に来ていたし、また、これは、アメリカの軍事機密だから、軍から、監視官が何人か、来ていたんだ」

城戸が、いった。

「それで、機密が、洩れたんですか?」

十津川が、きいた。

「われわれは、上手くいったと思ったんだが、どうやら、GEアメリカとアメリカの軍は、洩れたと見たんだ」

と、小松が、いった。

「GEアメリカや、アメリカの軍が、そういって来たんですか?」

「いや、何もいわないが、このあとの行動でわかる。それに、問題の空間で、日本人が一人死んだ。しかも、その男は、釜石線の傍で、プロ用のカメラを持って、うろついていた」

「あっ!」

と思わず、十津川が、声をあげた。

(川村文平だ)

あの男は、鉄道写真家だから、あの夜のSL銀河の動きに不審を持って、釜石線の沿線で、撮りまくったのかも知れない。

ＳＬ銀河自体は、空間を支配する技術によって、消されていたと思われるが、実験が終って、突然、眼の前に出現したところを、川村文平が、とっさに、カメラにおさめたのかも知れない。

「それで、皆さんは、三人の孫のことを心配されたんですね？」

と矢沢が、きいた。

「川村文平という鉄道写真家が、注意を受けただけなら、心配はしなかった。しかし、殺され、その上、カメラをすり代えられたことで、心配になったんです。三人の孫たちも、スマホを持っていましたからね」

と、岡田が、いった。

「それで、皆さんはＵＳファンドのロス支部から、三人の日系二世を、日本に派遣したんですね」

「われわれは、三人の孫に、ガードをつけるつもりもあったし、今度の事件に、Ｒエレクトリックが関係があるかどうかも調べてくれるように頼んだんだが、意外な事態に慄然とした」

と、城戸がいう。

その後に起きたことは、十津川、亀井、そして矢沢の助手が目撃した。

「まさか、あんな形で、孫たちが、狙われるとは思わなかった」

と、岡田もいい、小松は、

「これでは、戦争中の日本と同じだよ」

と、声をふるわせた。

十津川は、三人の中で、小松正之の言葉に注目して、

「私は、戦争中の日本がどんなものだったか知らないのですが、同じだというのは、どういうことですか？」

と、きいた。

小松は、すぐには、答えようとしなかったが、城

戸に促されて、

「昭和二十年に入ると、日本中に特攻基地が作られていた。使用する特攻機も不足気味で、その上、最初の関大尉たちの神風特別攻撃隊が、かくかくたる戦果をあげたが、敵の警戒も厳重になり、こちらの隊員の技量も危うくなって予期した戦果をあげられなくなって、上の方はいらだっていた。そんな時、鹿児島の特攻基地で起きた事件なんだ。他の基地でも同じなんだが、隊員が不足して、予科練を卒業すると同時に、特攻隊員として、配属されてきた。全員十七歳だよ。可哀そうに、女も知らずに死んでいくんだな、と、思ったよ。また、その頃、地元の女学生たちが、特攻隊員たちの身の廻りの世話をするために、基地に通うことが多かった。身の廻りの世話といっても、兵舎の掃除をしたり、特攻隊員の汚れた衣服の洗濯なんかだよ。そして、隊員が出撃する時は、さくらの小枝を振って見送った。そんな関係なんだが、ただ、女学校の最高学年の女生徒と、十七歳の特攻隊員とは、一歳か二歳しか年齢の差がないんだ」

「私は高校時代、通学途中で会う女子高生にラブレターを書いて渡したことがありますよ。今ならスマホという便利なものがありますが」

と、十津川は、いった。これは本当だった。逆に、貰ったこともある。

十津川の言葉に、城戸は、顔をしかめた。

「わかってないな。当時は、手をつないだだけで、警察につかまる時代なんだ。大人というのは、いつも、勘ぐるんだ。特に、特高（特別高等警察）は勘ぐるのが仕事だから、十七歳の特攻隊員と女学生の関係を疑って、眼を光らせていた。そして、ある日、基地の裏山で、二人が会っているところを、特高に見つかってしまった。しかも、その時、十七歳の特攻隊員が、女学生に、手紙を渡そうとしていたんだ」

「――――」

「変に勘ぐるなよ。ラブレターなんかじゃない。基地の隊員たち、特に、特攻隊員が出す手紙は、全て検閲されていた。下手なことを書けば、すぐ逮捕されてしまう。だから、勇ましい、タテマエしか書けなかった。『これから、国のため、天皇陛下のために、憎むべき敵艦を沈めるために出撃致します』とか『今の私は、何の悩みもありません。勇気凜々、頭にあるのは、皇国に尽す一念だけであります』或いは、『天皇陛下万歳、大日本帝国万歳』といったことしか書けないんだ。だが、十七歳だよ。まだ母に甘えたい年齢なんだ。だから、母に手紙を書いて、『もう一度、母さんの作る五目めしが食べたい』とか、『妹と二人、母さんに連れられて行った村祭りのことを時々思い出します』とか書きたいんだよ。しかし、検閲で見つかったら、卑怯者とか、死ぬのが怖くなったのかといって、殴られるに決まっている。だから、基地内では手紙を出せないから、女学生に、本音を書いた手紙の投函《とうかん》を頼んだんだ。遠くの郵便局で出してくれとか、女の名前で出すことを頼んだりしてね。その手紙を、特高に見つかってしまったんだ。特高が、この二人を逮捕した。スパイ容疑だ」

と、岡田が、いった。

「なぜ、スパイ容疑なんですか？　単なる手紙の投函でしょう」

と、十津川がいった。

「特高はそうは見ないんだ。手紙に、母さんに会いたいとか、なつかしいとあれば、基地内に、厭戦《えんせん》気分が広がっていると考える。それを、基地の外に伝えようとしたんだから、スパイ行為になるんだ。二人は、特高に逮捕され、十七歳の特攻隊員は営舎に閉じ込められ、精神を叩き直すとして、連日、殴られ、精神訓話を受け、出撃予定を早めて、沖縄に出撃して死んだ。女学生の方は、特高に殴られ、蹴飛ばされて、顔が腫れあがった。その上、母親が呼び出されて、非国民の娘を育てたといって、叱られ、殴られたが、基地のある村の村長が、間に入って、女学生は釈放された。それでも、一ヵ月近く寝込んだといわれている」

4

「その点、アメリカ企業は、私たちに、軍の技術を提供してくれたので、さすがは、アメリカだと、感心したんだ」

と、城戸が、いった。

「機密が守られる限り、市民の要求を聞いてくれる。昔の日本の軍隊とは、大違いだと、われわれは、感謝したんだ。だが、実際は、違っていた。アメリカ軍部は、われわれを疑い、ひそかに、監視していたんだよ。不幸にも、SL銀河の傍で、殺人事件が起きてしまった」

「それが、どう、自動車事故の形をとった殺人未遂と関係があるのか、われわれも調べています」

と、十津川は、いった。

「軍部というのは、何処の国も同じだよ」

と、三人は、揃って主張する。

小松が、代表して、いった。

「われわれは、孫たちとの七十五年ぶりの再会を、GEアメリカの開発した技術を使わせて貰って、劇的なものにしようと考え、GEアメリカが、オーケイをしてくれて、われわれも、さすがにアメリカだと感動した。ところが、その技術は、軍事技術なので、軍部は、民間人を利用して、ある国が、それを盗もうとしたと考えたんだよ」

「何処の国がです?」

矢沢が、きく。

「今の時点でいえば、中国だな」

と、城戸。

「今の時点で、中国は出ていませんが」

と、矢沢が首をかしげる。

「アメリカ軍部は、そうは考えないんだ。まずいことに、三人の孫の中、小松かおりが、中国製の有名なスマホを、長年にわたって使っていた。今、アメリカ大統領が、この中国の会社が、中国製の機器を使って、アメリカの重要機密を盗み出していると、非難している」

「だから、三人を殺そうとしたんですか？」

「何処の軍部だって、同じだよ。機密が、洩れそうになったら、いや、洩れる恐れがあったら、一刻も早く、シンプルに、疑わしき部分、人間を処理しようとするんだ」

と、城戸が、断定した。

「その考えを、今、教えて下さい。日本警視庁捜査一課の人間として、協力させて頂きます」

十津川が、いうと、岡田が、

「有難いが、その前に、われわれ三人の現在の気持を伝えておきたい」

と、声を大きくして、いった。

このあと、三人が、いったことは、敵に対する宣言のように聞こえた。

「われわれ三人は、七十五年前に死ぬべき命を助けられた。その後、平和の中に、七十五年を生きてきて、幸い、それぞれの孫が、生まれ育ち、立派な若者に育っていることを知った。

われわれは、新しい生き甲斐を見つけ出した。お互いに、名乗り合い、祖父のわれわれは、孫たちの成長を見守りながら、このあとの短い人生を楽しみながら、死にたいと思った。これほど充実し、楽しい後半生は、あるまいと思った。

それなのに、突然、三人の孫の命が狙われた。

全て、理不尽極まりない。

従って、われわれは、ここに宣言する。いかなる敵であろうと、絶対に、孫たち三人は守る。

われわれ三人は、もともと、いかなる戦争にも、反対なのだ。太平洋戦争は、アジアの解放を叫びながら、戦争を開始するや、何処の国の独立も認めず、軍政を施した。

全てが、軍部の野心のための戦争だった。その野心のための戦いに、われわれは、特攻で死のうとしたのである。

敗戦で、その嘘が、明らかになった。

若い孫たちに、われわれと、同じ過ちは、犯させたくない。

今回、われわれが七十五年前に受けたと同じ危機を、三人の孫が受けようとしている。前のものは、日本の軍部の、今回はアメリカ軍部の理不尽な攻撃だ。形は違えど、同じ理由なき攻撃だ」

しかし、三人は、そこで、何故か、口をつぐんでしまった。

第六章　決断

1

　今まで、感情をむき出しにして、大声でそれぞれの意見を叫んでいた城戸たちが、急に黙ってしまった。

　血色のいい男の顔が、疲労の浮き出た九十何歳かの老人に変ってしまっている。

（こちらも、覚悟を決める必要がありそうだ）

　と、十津川は、思った。

　城戸たちは、孫三人を守ると、宣言した。

　そのためには、失うもののあることを、覚悟しようとしているのだ。

　守るために、戦うべき相手は、あまりにも強大である。何も失わずに、勝てる相手ではない。

　それを考え、失うものを、数えているのではないのか。

　飲物が運ばれてきた。日本家屋では、九州・鹿児島産の酒だったが、これは、上等のウイスキーだった。

　城戸たち三人も、グラスを手に取るために身体を動かした。

　十津川は、その動きを狙って、

「私も、日本警察の人間として、覚悟を決めました」

　と、彼等に向かって、いった。

　相手は、黙っている。アメリカの大企業や、アメリカ軍部が相手では、日本の警察は頼りにならないと思っているのかも知れない。

「それで、城戸さんたち三人には、２ＫＯの名前で、助っ人を、日本に寄越さないで頂きたい」

と、十津川は、三人をしっかりと見つめて、いった。

当然、三人が反撥《はんぱつ》した。

「それでは、孫たちの安全は、誰が、保障するのかね？　今回だって、われわれがガードマンを日本に送らなかったら、孫たちは、自動車事故で、死んでいたぞ」

「これからは大丈夫です」

「何故、そういえるのかね？　あの巨人に向かって、日本の警察に何が出来るんだ？」

「逮捕令状を取って、直ちに、三人のお孫さんを逮捕します」

「逮捕？　何の容疑だ？　今回の事件で、孫たちは、被害者だった。よくわかっている筈だ」

「殺人容疑です。被害者は川村文平という鉄道写真家です」

「その男のことなら、われわれだって調べている。孫たちとは、何の関係もない男だ」

「東京に電話して、お孫さんたちの逮捕令状を取っておくようにいっておきます。明日帰国しますが、帰国と同時に逮捕します」

「しかし、孫たちと、川村文平という被害者とは、何の関係もないんじゃないのか？　まして、孫たちが、無関係の鉄道写真家を殺したとは、とても思えないが」

「しかし、川村文平の事件は、お孫さんたちを、あの列車に皆さんが招待したことが原因で起きています。それに、目下、お孫さんたちの安全は、日本警察が、逮捕することが一番だと考えています」

十津川のその言葉で、城戸たちは、黙ってしまった。

十津川は、続けて、いった。

「さらに、JR東日本は、SL銀河並びに、釜石線のレール、駅などの破損に対して、GEアメリカに損害賠償を請求する筈です」

「それは、無理だ」

と、反射的に、岡田がいい、他の二人も肯いた。

「今回使われたのは、アメリカの持つ最高の技術だよ。確かに、われわれが、GEアメリカに頼んだが、彼等が、証拠を残す筈がないんだ」

「しかし、現場には、これが落ちていました」

と、いって、十津川が示したのは、GEアメリカの社員バッジだった。

「そんなものが、現場に落ちていたなんて、とても信じられん」

と、城戸が、大声でいった。

「その社員バッジは、数が限定されていて、裏に、ナンバーが刻んである筈だ」

「そうらしいですね。裏を見ると、105という数字が見えます。百番台は、GEアメリカでは技術関係の社員じゃなかったですかね」

十津川が、楽しそうに、いった。

「それなら、なおさらだ。それに、君は、アメリカに来たばかりで、GEアメリカを訪ねてもいない筈だ。それなのに、何故、君が、そこの社員バッジを持ってるんだ?」

と、小松は、十津川を見てから、急に、矢沢に、視線を移して、

「先生は、何回か、GEアメリカの研究所を訪ねておられますね」

「アメリカの開発した、五次元の研究が、導き出したという『空間を支配する』というのは、どんなものか興味がありましたからね」

と、矢沢が、いう。

「それだけですか。正直に話して下さい。われわれは、口が、堅いですから」

と、城戸がいう。

矢沢がちらりと、十津川を見た。

十津川は、微笑した。

「さすがに、GEアメリカの、特に、技術者の口は堅くて参りました。そこで、酒好きと噂の技術者を誘いましてね。日本の酒をご馳走しました。酔ったんですが、私の知りたいことは、話してくれない。ただ、彼が帰ったあと、床に、GEアメリカの社員バッジが落ちていましてね。それを、すぐ、返そうと思っている内に、失くしてしまいました。それが、今、十津川さんが、持っているものかどうかは、わかりません。私は、バッジの裏を見ていませんから」

と、矢沢が、説明すると、今度は、三人の眼は、一斉に、十津川に向けられた。

十津川は、笑いを消して、

「このバッジは、あくまでも、捜査の段階で、刑事の一人が、川村文平殺害の現場で、拾ったものだといっています。それに、われわれが、調べたところ、その事件の前後に、アメリカ人三人が、日本に入り、帰国しているのです。この三人が、GEアメリカの技術畑の人間かどうかわかりませんが、こんなこともあると、このバッジが、アメリカで日本人に盗まれたと証明するのは、かなり難しいと思いますね」

と、いった。

この十津川の言葉に対して、岡田と小松が、肯き、城戸は、

「面白い」

と、いった。

2

「そこで、皆さんにお願いがあります」

と、十津川は、三人に、いった。

「皆さんが、どんな対応を取られるかは、ご自由です」

「いや、その前に、われわれ三人は、USファンドの会員を除名されるだろう」

と、城戸が、いった。

「それは、間違いない。USファンドのロス支部は解散だな」

岡田が、いい、小松は、

「その方が、すっきりする。もともと、われわれはUSファンドが、軍産複合体の企業に投資することに反対だったんだから」

と、いった。

「それなら、USファンドから、われわれの資金を、全額引きあげて、小さくても、平和産業に、投資すべきだ」

と、城戸が、自分の意見を持ち出し、

「日本のRエレクトリックは、相変らず、GEアメリカとの合併を願っている。軍需産業でも、儲かればいいというんだろう。こうなると、孫たちには、あの会社を辞めさせた方が、いいかも知れないな」

「それなら、彼等のための会社を、作ってやったらいい」

どんどん、勝手に話がはずんでいく。十津川は、苦笑して、

「その件については、皆さんで、話を進めて下さい。私としては、他のお願いがあるのです」

と、いった。

「何でも、いってくれ。こうなれば、われわれ、同志だ」

「いや、戦友だ」

「これから、皆さんは、GEアメリカや、アメリカの軍部に対して、いや、三人のお孫さんのために、行動を起こされると思います」

「久しぶりに、戦闘意欲がわいてきたよ」

「国のため、天皇のためというより、孫のためというのが、わかり易くていい」

「そういえば、われわれと同じ神風特別攻撃隊の関大尉は、国や天皇のためじゃない。彼女のためにだといったそうだ」

「皆さん！」

と、十津川が、声を張りあげた。

「私が、ここでいいたいのは、皆さんが、九十歳を過ぎたご老人だということです」

とたんに、三人が、不機嫌になった。

「嫌なことをいうな」

「若い者には、負けないつもりなのに」

「すぐ死ぬわけじゃないぞ」

「よくわかっています。これから、皆さんは、お孫さんのために、戦うおつもりなんでしょう」

「当り前だ」

「そうなると、皆さんの言動が、問題になってきます」

「そう期待しているよ」

「われわれ警察の助けにもなります。その時に、どうしても、お年が問題になってくるのです。どうしても九十歳過ぎとなると、突然の死が、問題になるのです。それまでの言動を、捜査の参考にしようとしても、残っていないケースも考えられますからね。そこでお願いするのです。ぜひ、これからは、日記をつけて頂きたい。急死しても、それまでの言動を参考に出来ますから。日記をつけるのは、大変でしょうが」

と、十津川は、いった。

それを聞いて、城戸はニヤッとした。

「君は、戦後生まれだから、知らないだろうが、日本の軍隊では、日記をつけることが、半ば、義務だったんだよ。これは、世界の軍隊で、日本だけなんだ。アメリカなんかは、日記をつけることを、禁止していた。それが敵に渡ったら、機密が洩れる心配があるからね。それなのに、日本では、昔から、日記をつけることが奨励された。太平洋戦争でアメリカ軍の情報部は、それを知って、死んだ日本兵の日記を、片っ端から集めて、戦争の参考にしたといわれているんだ。だから、われわれは、日記を書くことは、全く苦痛じゃないよ」

と、いい、小松は、

「私は今でも、癖で日記をつけている」

と、いって、十津川を、安心させた。

3

翌日、十津川は、急遽、帰国したが、ロサンゼルス空港で出発前に上司の三上本部長に、事情を話して、城戸秀明、岡田光長、小松かおり三人の逮捕令状を取っておくように頼んだ。

捜査本部に、戻ってからは、三上本部長に、アメリカでの様子を、正直に、伝えた。

さすがに、アメリカの大企業と事を構えることに難色を示したが、

「アメリカは、民主主義の国です。個人が、大企業と争うことには、むしろ、喝采を送ってくれますよ」

と、十津川は、励ました。

翌日、JR東日本本社を訪ね、社長に会って、GEアメリカに、損害賠償を請求するように、いっ

た。

「これは日本にとって、必要なことです」

と、十津川は、強調した。

「アメリカのためにもです」

そのあと、十津川は、中央新聞の田島記者に会った。

新聞社近くのカフェで会い、簡単に、アメリカでのことを話した。

「それで、殺人容疑で、城戸秀明たち三人を、逮捕することは、記者会見で発表するが、問題はＪＲ東日本の損害賠償請求のことなんだ。ＪＲにもいったんだが、請求は、必要だが、大げさにはしたくない」

「しかし、このことは、しっかりと、記録に残したいんだろう？」

と、田島が、いう。

「そうなんだ。だから友人の君に頼むんだ。ぼんやりと、こんな噂があるという感じの記事にして貰いたいんだ。他の新聞だと、日米戦争みたいに書きかねないからね。そうなったら、中国やロシアを喜ばせるだけで、日本のプラスにはならないんだ」

「わかった」

と、田島は、肯いてから、

「それで、どうなってるんだ？　ぼんやりしていて、よくわからない事件だが」

と、いった。

十津川は、コーヒーを、ブラックで、口に運んでから、

「日本を捨てて、アメリカで死ぬことを決めた三人の老人がいたんだが、ある日、自分たちの孫が日本にいることを知って、会いたくなった。しかし、七十五年前に日本を捨てていて、孫も、祖父が生きていることを知らない。そこで、劇的な形で、会いたくなったんだな」

「それで、アメリカ大企業の開発した技術を借りたか」

「そうだが、その技術は、アメリカ軍の技術でもあるんだ。それでも成功したかに見えたんだが、それに対して、日本人が一人死んでしまった。それも殺人だ。当然、われわれ日本の警察も、捜査せざるを得ない。それが、今回の事件の始まりだ」

「面倒な事件だということは、わかる。それで、警察としては、どう対応するつもりなんだ」

「まず、城戸秀明たち三人は、殺人容疑で逮捕する。これは、三人の安全確保のためだ。あとは、いろいろと手続を取って、相手の出方を見ようと思っている」

と、十津川は、いった。

三人の逮捕には、彼等自身も、抵抗しなかったし、Rエレクトリックの抗議もなかった。

殺人罪で起訴するためではなく、三人の安全確保のためだと、わかっているからだろう。

JR東日本の、GEアメリカに対する損害賠償請求は、小さく報道され、中央新聞も、「噂では――」とカッコして報道した。

これで、相手が、どう出てくるのか？

十津川は、じっと、見守った。

だが、何の反応もない。

アメリカにいる矢沢教授や、城戸たちに聞くと、

「こちらでは、全く報道されていませんよ」

という答えが、返ってきた。

完全に無視されたのか、それとも、無視を、装っているのか。

一ヵ月近く、アメリカから、何も聞こえて来ない。

矢沢が、帰国した。

今回は、十津川がひとりで、成田へ迎えに行った。

その帰り、新宿に出て、十津川の行きつけの天ぷら店に寄り、個室で、夕食を共にした。

「本当にアメリカでは、この事件が、話題になっていないんですか？」

と、十津川が、確めた。

「全く、話題になっていませんね」

「それは、アメリカ政府や、大企業のGEアメリカが、報道を抑えているんですか？」

「私も、それを考えたんですが、違いますね、今アメリカの話題は、シリア問題です」

「シリアというと、確か、アメリカ軍の一部が、大統領の命令で、シリアから撤兵しましたね」

「そうです。それで、シリアに平和が来ると思ったら、逆に、政情が不安定になってしまった。アメリカでは、このまま、シリアから、完全撤退するか、もう一度、増派するかで、騒いでいるのです」

と、矢沢は、いった。


確かに、十津川も、新聞で、そんな記事を読んだ覚えがあった。

二日後、十津川は、新聞の見出しを見て、眼をむいた。

「シリアで、アメリカ軍はゲリラ一〇〇〇名を殲滅。アメリカの損害ゼロ」

「今回の戦闘で、アメリカ側は、新開発の戦闘技術『空間を支配する』を、初めて全面使用」

「アメリカの現地司令官は豪語。

今後は、アメリカ兵の損害はゼロで、ゲリラを撃滅できる。これによって、シリア問題に解決が約束された」

十津川は、しばらく呆然《ぼうぜん》としていたが、矢沢の方から、電話が、かかってきた。

「私が得た情報では、千人あまりのシリアのゲリラが、アメリカ側の作った空間に閉じこめられ、何も出来ずに、死んでいったそうです。ゲリラの友軍が、助けようとしても、次元の違う空間なので、何も出来なかったと」

と、矢沢が、いうのだ。

十津川は、軽井沢での事件を思い出した。

向こうは、五次元を支配していたので、こちらの二次元の抵抗は、ほとんど無力だった。

こうなると、日本で若い三人が助かったのは、偶然だろう。

「それで、これから、GEアメリカは、どう出てくると思いますか？　これまでのように、こちらを無視するか、シリアの実戦の勝利を受けて、こちらを押し潰しにかかってくるか？」

と、十津川は、きいた。

「多分、向こうはこの勝利に自信を持って、こちらが折れて、妥協してくるのを、待つんじゃありませんかね。向こうは、時間もあるし、金もありますから。もちろん、JR東日本への賠償金など、払わないと思います」

と、矢沢は、いった。

多分、矢沢のいうことが当っているだろう。

捜査本部に出勤すると、案の定、三上本部長に呼ばれた。

「今朝の新聞を見たか」

と、いう。

三上が、このあと何をいうかわかっていたが、

「見ました。われわれが直面している問題に似ています」

「似ているどころか。下手をすると、われわれは、別の次元の空間に連れて行かれて殲滅されてしまうぞ」

「それはありません。日本は、アメリカの友好国、同盟国ですから」

「しかし、見捨てられることはあるだろう。向こうを、怒らせたんだからね」

「別に怒らせたとは、思っていません。二国間に事件が起きたので、それを提起しただけです」

「それなら、城戸秀明、岡田光長、小松かおりの三人を、これからどうするんだ？　殺人容疑で裁判にかけるのか？」

「それは出来ません。目的が違いますから」

「つまり、どうしようもないということだろう。JR東日本のことだが、GEアメリカから、提案があったのを知っているかね？」

と、三上がきく。

十津川にとって初耳だった。

「そんなものが、あったんですか？」

「昨夜、非公式に、あったそうだ」

「賠償金を払うと、いうんですか？」

「そんな妥協を、アメリカの大企業がしてくると、思うのかね」

「じゃあ、何といって来たんですか？」

「GEアメリカは、近く、日本に進出するというんだ。大企業だから、今われわれが対面している軍事部門だけでなく、掃除機だって、作っている。特に、ロボット掃除機の部門では、世界一だ。その進出らしい。それで、一年間、日本の観光列車に、コマーシャルを出したいと、JR東日本にいってきたというんだ。破格の値段で」

「まさか、SL銀河に、コマーシャルをつけたいというんじゃ、ないでしょうね？」

「いや。ずばり、SL銀河にだよ」

と、三上が、いうのだ。

「賠償金のことは、いわずにですか？」

「とにかく、一年間の広告費として、破格の提示があって、ＪＲの担当者は、賠償金のことなど、すっ飛んでしまったといっている」

と、三上が、いった。

十津川は、自分で、ＪＲ東日本の担当者に電話してみると、向こうは、ご機嫌だった。

「さすがに、アメリカの大企業ですね。申し出にはびっくりしましたよ」

「信用したんですか？」

「もちろん。話し合いのあと、さっそく、契約金の半額が振り込まれましたよ。こちらは多くの路線が赤字で困っているんですが、これで一息つくことが出来ますよ」

と、担当者の電話は終始、ご機嫌だった。

「それで、私が渡したＧＥアメリカの社員バッジは、どうしました？」

「ああ、その件は、忘れてました。今も、私が持っていますよ」

「向こうは社員バッジのことは、何もいわなかったんですか？」

と、十津川は、きいてみた。

「全く触れませんでしたね。とにかく、心配していたんですが、これで、ほっとしました。それで、私は、ＧＥアメリカ製のロボット掃除機を、買ってみようと思っています」

最後まで、電話の声は、浮かれていた。

十津川は、この事態を、どう受け取ったらいいのかに迷った。

政治に弱い三上本部長は、明らかに、ＧＥアメリカの出方を歓迎している。

ＪＲ東日本の担当者もである。

矢沢から、電話があったので、十津川は、直接、会って、話をした。

矢沢は、苦笑して、

「その話は、私も聞きました。明らかに、向こうは、日本人の国民性をよく知っていて、それを狙われたんです」

と、いう。

「日本人の国民性って、何ですか？」

「和と老ですかね」

「別に、悪い感じはありませんね」

「平和で、これといった問題がなければ、歓迎されますね。お茶とか、盆栽が外国人に歓迎されるのはそれです。しかし、問題が起きた時には、この性格は、マイナスに作用します。問題が起きた時には、侃々諤々《かんかんがくがく》の論争が必要です。全員が納得する答えを見つけ出さなければいけないのです。ところが、日本人は、その場を乱すのを極端に嫌う。論争が必要な時にも、和を優先してしまうのです。論争すべき時に、妥協して、不満なまま、行動して失敗するのです。私なんか、何年間か外国暮しに憧れているので、何か問題が起きると、勇んで、論争に参加するんですが、日本では、まず、調和を考えて下さいといって、丁寧に、追い出されますね。それが和です」

「老は、老人ですか？」

「それもありますが、広く考えると、長い間に生まれたしきたりとか、伝統ということもあります」

「別に、悪いことじゃありませんが」

「和と同じで、平和で問題がなければ、老人を大切にし、伝統を守るというのは、悪いことじゃありません。しかし、伝統に捕らわれない決断が必要な時には、これが、邪魔になり、結局、論争を避けて、妥協してしまう欠点になります。GEアメリカも、そうした日本人の欠点を狙って来ているとも受け取れるし、JR東日本は、見事に、それにはまってしまいそうですね」

と、矢沢は、笑った。

「私も、絶対に妥協しませんよ」

と、十津川は、いった。

「今回の事件で、人間が一人殺されていますから、妥協した解決は、絶対に拒否します。政治的な妥協にも」

「ぜひ、そうして下さい。後悔しないためにも」

と、矢沢は、いった。

「矢沢先生は、留学生活も長かったから、アメリカ人の性格もよくおわかりでしょう。これから、向こうが、どう出てくると思いますか？」

十津川が、きいた。

「そうですね。今回は、相手がアメリカということより、アメリカの大企業ということでしょうね。アメリカの大企業は、資本主義の権化みたいなものです。こちらが弱ければ、力で圧倒しようとするでしょうし、自分たちに弱みがあれば、金で解決しようとするでしょうね」

「その通り、ＪＲ東日本に対しては、金の力を使ってきました。赤字に悩むＪＲは、すでに、腰くだけになっています」

と、十津川は、いった。

「問題は、殺人事件の方でしょうね。十津川さんは、絶対に、妥協しないつもりでしょう？」

「しません」

「それでも、ＧＥアメリカが、大人しく犯人を突き出すとは、思えませんよ」

「それは、覚悟していますが、こちらには、矢沢先生が手に入れてくれた、社員バッジがあります。社員番号のついた」

「あれ、今、十津川さんが、持っていますか？」

「いや、当事者のＪＲ東日本の担当者に渡してあります」

「それは、ちょっと危いかも知れませんよ。ＪＲは赤字路線が多いから、あれを、ＧＥアメリカに、売りつけることも考えられますよ」

と、矢沢は、いった。

十津川は、笑って、

「それは、大丈夫です」

「どうして？　それだけ、ＪＲ東日本の担当者を信じているんですか？」

「いや。私は、人間は弱いものだと思っています」

と、いい、十津川は、ポケットから、例のＧＥアメリカの社員バッジを取り出した。

「念のために、ニセモノを作って、ＪＲ東日本の担当者に渡しておいたんです」

「十津川さん」

「何です？」

「怖い人ですね」

4

このあと、何故か、急に気楽な気分になって、二人は、近くのホテルのロビーに移って、話を続けた。

「あの三人の老人は、どうしています？　全く、連絡がないんですが」

と、十津川が、きいた。

「間もなく、あの三人は、ＵＳファンドを辞めます。彼等は、二つのことしか考えていません。一つは、自分の孫たちの幸福です。もう一つは、平和です。それも、孫たちのための平和です」

矢沢の話は、少しばかり、センチメンタルに十津川には、聞こえた。

「それは、今の孫たちと変らない年齢の時、梓特攻隊員として、死ぬところだったからですか？」

「そうだと思います。同じ二十代の時、自分たちは、何の疑いもせず、特攻隊員として、出撃した。戦争に反対せず、形は志願だが、実際は、命令だった。偶然、助かったが、死ぬ筈だった。自分の孫たちには、絶対、そんな死に方はさせない。そう心の中で、誓っているような気がします」

「だから、絶対に、戦争反対ですね」

「孫の存在を知ってから、三人で、誓い合っているみたいです」

「だから、戦争に繋がるかも知れないUSファンドを辞め、三人の資金で、平和産業に投資したいと考えているんですか？」

「そうです」

「具体的に、どんな会社を考えているんですかね？」

「子供のオモチャを作る会社、それを、日本の下町に作りたいみたいです」

と、矢沢はいった。

「下町のオモチャ工場ですか」

「三人の中の一人が、東京の下町育ちで、小学生の時はまだ、日中戦争も起きていなかった。当時、子供たちの間で、ベイゴマが流行っていて、何とか、自分のベイゴマを強くしたかった。そこで、工場のお兄さんに頼んで、ベイゴマを低く削って貰った。背の低いコマの方が、勝ち易いからだ。それから、重いコマの方が強いので、自分のコマの真ん中に穴をあけて貰って、そこに鉛を溶かし込んで貰ったり、それが、楽しい思い出だというのです」

「思春期の思い出もあるでしょう？」

「ところが、三人とも、十代になると、日中戦争が始まり、そのあとは、戦争の連続で、男の子は、皇軍兵士になるものと決めて、城戸は、海軍兵学校に入り、岡田と小松は、予科練に入った。だから十代の時代というと、小学校の時のベイゴマ遊びしかないと、一人はいうわけです。他の二人も、同じ様なもので、楽しい思い出というと、子供の時の数年で、若者らしい十代は、戦争と重なってしまうそうです」

「だから、オモチャ工場ですか」

と、十津川は、いった。

幸い、十津川が生まれてから今まで、戦争は、日本では無かった。

おかげで、遊び呆ける子供の時代があり、思春期があり、初恋の時期があり、結婚し、家庭を持った。順調な人生を送れる時代だったのだ。

（そうか。あの三人の時代は、いびつな時代で、わずかに子供の時代しか、楽しい時はなかった。あとは、戦争の時代だったのだ）

「オモチャ工場を作る気持、何となくわかる気がしますね」

と、十津川は、いった。

「その工場は、日本に作るつもりですかね？」

「そうでしょう。思い出のオモチャ工場は、東京の下町にあったみたいですから」

「では、三人は、日本に戻る気なんですか？」

「人生の最後を日本で、孫たちを見守りながら送りたいみたいだが、これは、簡単ではないでしょう。アメリカでの生活が七十五年もあり、家族もいますからね。あっさり、捨てられるのか、どうか」

と、矢沢は、いう。

「三人は、どの位の資産を持っているんですか？」

十津川は、きいてみた。

「そうですね。三人合わせて、一億五千万ドルから、二億ドルの個人資産があると思います。他に、三人は、広大な土地と、邸を持っていますが、これは殆《ほとん》ど、妻や娘、息子の所有になっています。三人は、個人資産の半分を、現在の家族に残し、残りの半分で、日本の下町に、オモチャ工場を建てたいと、考えているようです」

「日本円にすると、七十五億円から百億円ですか」

「そんなところでしょうね。日本に帰り、オモチャ工場を建てるようになれば、それにふさわしい諸経費が必要になりますが、三人を、ためらわせているのは、金よりも、現在の家族のことでしょう。決心がつくまで時間がかかると思いますよ」

「三人は、日記を書いていますか?」

と、十津川が、きいた。

「書いていますよ。三人が、いっていたじゃありませんか。日本の旧軍人は、全員必ず日記をつけていたと。だから、三人とも、日記をつけている筈ですよ。三人で、相談しながら書いているのかも知れません」

「三人で、相談しながらですか?」

「そんな話をしているのを聞いたことがあるんですよ。最初に、城戸が書いて、岡田、小松と、書き継いでいくみたいなことをです。なんでも、三人が捕虜になった頃、それぞれ、身体の好不調があって、手が動く者から、日記を書きつないでいったそうです」

と、矢沢は、説明してくれた。

どんな日記なのだろうか。

海軍でも陸軍でも、軍関係の学校では、生徒に必ず日記を書かせていた。

その日記は、必ず、検閲されるのだから、読まれることを前提に書かれる奇妙な日記だった。

文章は、殆ど文語体である。文語体の方が、漢字が多く、文章が簡潔になる。

この文体が、成功したのは、戦艦大和の最後を書いた『戦艦大和ノ最期』だろう。

城戸たちは、どんな感じで、日記を書いているのだろう?

戦後七十五年である。彼等が育てられた海軍兵学校や、予科練では、文語体で日記をつけていただろうが、平和な七十五年である。

当時、日記をつけていたとしても、普通の文章だったろう。それ以上に、緊張感を持たぬ文章だったたに違いない。

それが、ここに来て、城戸たちは、ＧＥアメリカやアメリカの軍部と戦う緊張感を持つことになった。

それが影響して、どんな日記になっているのか。それも知りたい。

一方、十津川が、忘れてならないのは、若い城戸秀明、岡田光長、小松かおりの三人のことだった。

三人を殺人から守るために、逮捕したのだが、だからといって、何もしなければ、マスコミが疑惑の眼を向けてくるだろう。

そこで、毎日、一、二時間、訊問を行うことに十津川は、決めた。

もちろん、殺人を告白させるためではない。

第一は、今回の事件を、どう受け止めるかということ、第二は、祖父の存在を知って、それをどう感じているかを、聞きたかったのだ。

第二の点については、警視庁が、三人を逮捕したと知った祖父たちが、ぜひ、その点を確かめてくれと、わざわざ、電話して来たのである。

最初の訊問は、三人の「特攻」感を聞くことから始めた。

「われわれ三人の祖父が、戦争中、特攻で死んだことは、知っていました」

と、三人は、いった。

「志願だったというので、自ら死を選ぶ気持がわかりませんでした」

「Ｎ大を卒業すると、揃って、Ｒエレクトリックに入社しましたね」

「現代のＡＩ企業だったし、アメリカのシリコンバレーに研究所を作ったことも、前進的な感じで、気に入りました」

と、城戸が、いう。

「揃って、Ｒエレクトリックに入社し、その研究所へ派遣されることになった時は、どう思ったんですか?」

「誇らしい気持でした」

「しかし、JR釜石線の『SL銀河』に乗るようにいわれた時の正直な気持を知りたい」

「わけがわかりませんでしたね。三人とも、特別に鉄道ファンでも、SLファンでもありませんでしたから」

「それでも、人事部長から、SL銀河の招待状を貰って花巻へ出かけました。アメリカへ行くので、その前に、日本的な風景や乗り物を味わってこいという会社の親ごころだと、無理に納得してです」

と、小松かおりが、笑った。

「花巻駅の様子は、どうでした?」

「出発してみたら、招待客は、私たち三人だけだとわかりました。とにかく、『SL銀河』は走り出したんですが、途中から、楽しさが、地獄に変りました」

それが、どんな地獄だったかを、三人が、交々《こもごも》、喋り出した。

「スピードが、どんどん、上昇していったと思ったら、宙に浮いていた」

「外の景色が、一面の海に変った」

「列車の筈が、飛行機の機内に変った。息苦しくなった」

「最初は、これは幻想の世界だと思いました。最近、そういう遊びや、施設があるじゃありませんか。だが、違っていたんです」

と、三人の意見を、まとめる形で、城戸が、声を、大きくする。

「どう違っていたんですか?」

十津川が、きく。

「実感です。全ての身体の感覚が、これは、幻想ではないことを示していたんですよ。スピード感覚、機内の狭く丸みを帯びた感覚、ゆれる度に、身体が、ジュラルミンの壁にぶつかる痛み。これは、嫌でも、幻想じゃないなと思わせるんです。しかし、一方で、われわれは、花巻駅で、ＳＬ銀河に乗ったのだ。戦争中の日本海軍機銀河の筈がないという考えもあったんです」

「銀河という爆撃機のことは、知っていたんですか？」

「三人とも、梓特別攻撃隊の孫ですからね。嫌でも、知るようになるんです」

と、岡田が、いう。

「それは、自慢でしたか？」

「私は、孫で、実際に祖父を知りませんから、自慢したことはありませんでした。第一、敵に体当りするということがわからないんです。私は物理専攻ですから、体当りなんか考えずに、無線操縦で、ぶつかればいいのにと思っていましたから」

と、小松かおりが、いった。

「そんなあなたが、今回の経験をして、特攻の見方が、変りましたか？」

「そんなことより、私は間違いなく、祖父を見たんです。昭和二十年三月十一日、銀河という特攻機で、体当りする祖父を見たんです。最大の衝撃でした」

と、かおりが、声をふるわせる。

「幻影とか、幻想とは思わなかったんですか？」

「私は物理学が専攻ですから、現実と幻想との区別はわかります。しかし、あれは、間違いなく、昭和二十年三月十一日、太平洋ウルシー環礁の現実、祖父たちが、特攻機銀河を駈って、突入する現実でした。祖父の息づかい、体臭が、わかったんですよ。祖父たちのことを書いた本を、何冊読んでも、特攻は、わからなかった。それが、あの瞬間、わかったんです」

「しかし、それは、ＧＥアメリカが、軍部と共同で開発した、いわゆる空間を支配する技術だった。それを聞いて、どう思いました？」

十津川は、小松かおりだけでなく、三人に、きいた。

「すごい技術だと思いましたね。私が入ったＲエレクトリックが、アメリカには多少遅れていても、同じ研究をしていると知って、改めて、Ｒエレクトリックに入って良かったと思いました」

と、岡田が、いった。

「しかし、三人とも、軽井沢にある別荘に行かされましたね。上から、どういわれたんですか？」

「間もなく、アメリカに行くので、それまで、休みを取るのだと思えといわれました」

と、城戸が、答えた。

「それで、納得したんですか？」

「そういうこともあると思いましたが、われわれをマスコミなんかから、切り離すためじゃないかとも思いました」

「それまでの間に、三人の祖父が、実は、生きていることを知らされましたか？」

十津川がきくと、城戸が、一冊の報告書を見せてくれた。

アメリカが戦争直後に、「ウルシー環礁と特攻」と題して出した報告書だった。正確にいえば、それを日本語に翻訳したものだった。

「これが、アメリカから、われわれ三人宛に、送られてきたんです。これは一九四五年（昭和二十年）三月十一日（アメリカ時間十日）の報告書で、九機の銀河が、突入したが、その中の一機の乗組員三人が奇跡的に、命を取り止めたことが書かれています。差出人はわかりませんが、自分たちの祖父が生存していることは、知りました。そして、送り主は多分、生きている祖父たちだろうと想像するようになりました」

「その生きている祖父たちが、あなた方孫に会いたいというシグナルとは思いませんでしたか？」

十津川が、きいた。

「最初は、戸惑いでした。七十五年もたって、突然、特攻で死んだ祖父が、生きているとか、会いたがっているらしいことが、そんな現実が、押し寄せましたからね。その上、会社からは、何もいってきませんでしたから」

と、岡田が、答える。

「そんな時に、次の事件が起きたんです」

と、小松かおりがいった。

「車に乗る話は、前からあったんですか？」

「ありました。ＦＡＸが入っていたんです。退屈しているだろうから、アメリカの快適なリムジンを提供するので、渡米前に、日本をドライブして楽しんでくれ給《たま》えというＦＡＸです」

「差出人は、わかっているんですか？」

「会社のマークが入っていましたから、人事部長あたりが、退屈しているだろうと思っての配慮だろうと、受け取りました」

「何の疑いも持たなかった？」

「ええ。そうしたら、別荘の正面に、白いリムジンの新車が停まっているのが見えたんです。ああ、これだと思い、われわれは、乗り込みました。無人操縦でしたが、別に不安もなかった。われわれ三人で中古車を改造して、無人走行の実験をしたことがありましたから」

と、城戸が、いった。

「あなた方の祖父たちが、心配して、２ＫＯファンドから三人の日系技術者を、日本に寄越したのを知っていましたか？」

十津川が、きいた。

「もちろん、知りません」

「われわれ警察も、皆さんの話を聞きたくて、軽井沢に行っていて、今、いった2KOの三人に、会ったんです。その前で、あなたたちが、白いリムジンに乗り込むのを目撃しているんです。ところが、突然、その車が眼の前から消えてしまった。あの時、車の中では、何が起きていたんですか？」

「突然、車が、暴走を始めたんです。でも、われわれはあわてませんでした。車の故障ぐらい自分たちで、直せる自信があったからです。走る車の中でもね。ところが不可能でした」

「どうしてです？　あの車は、そんなに複雑な構造だったんですか？」

「いや、事故が、車の構造が原因ではなかったからです」

「じゃあ、何の故障だったんですか？」

十津川は、追いつめて、いった。

「二〇〇七年五月九日の現実だったのです」

と、小松かおりが、スマホを見ていう。

「それは、いったい何ですか？」

「日本中で、交通事故が起きています。その中で、二〇〇七年五月九日、軽井沢で若い男女三人が、アメリカスポーツ車で暴走、壁に激突して三人とも即死しました。その現実です。あの時、私たちを閉じ込めた空間の中で、この事故の現実が進行していたんです。だから防ぎようがなかったんです。昭和二十年三月十一日の現実と同じです」

「しかし、車も違うし、乗っている人間も違うでしょう？」

「それは、多分、二〇〇七年五月九日の現実に、人間だけを置き換えて、現実を再構成する技術に、成功しているんだと思います」

「なるほど。それも、空間を支配することなんですね、多分、GEアメリカは軍と協力して、空間を支配するという言葉の間に、『自由に』といれることに成功したんだと思います。あの時、２ＫＯから派遣された三人が、何とか、暴走する車を止めようとして、二次元の大きなスクリーンボードを、押し込んだのが、見えましたか？」

「見えましたよ。われわれを励ますメッセージもね。しかし、車は止まらないと思いましたね。次元が違うから、車は、すり抜けてしまうだろうと見てたら、その通りになりました」

「車がすり抜けるところは、見ていました。しかし、二〇〇七年五月九日の現実どおりに車は、衝突し、炎上したのに、皆さんは、よく助かりましたね」

十津川は、今も、不思議なのだ。

あの時、十津川たちは、三人を助けることも出来ず、てっきり三人は、死んだと思ったのだが、何故か、負傷だけで、すんでいるのだ。

「最後、車は、見えない壁にぶつかって、私たちは、車の外に弾き飛ばされました。だが、死にませんでした。嬉しかったんですが、不思議でした。それで、退院したあと、三人で、計算してみたんです」

「計算——ですか？」

「三人とも、物理を専攻してきたんで、あの角度で、車が、壁にぶつかった時、乗っていた人間がどんな形で、弾き飛ばされるのか計算してみたんです」

小松かおりは、紙の上に、あの時のアメリカのリムジンの絵を描いた。

「この車は、エンジン部分は、後部にあり、前部は、トランクです。透明な壁に、正面からぶつかると、前部は、潰れて、乗っている私たちは、前方に投げ出され、透明な壁に激突して即死。そういう計算になるんです。ところが、実際には私たちは、上方に投げあげられ、壁にはぶつからずに助かったのです」

「計算が間違っているということは、ないんですか?」

「ありません。三人で、何度も計算し直しましたから」

「しかし、計算通りに弾き飛ばされなかったので、皆さんは助かったんですね?」

「そうです」

と、かおりは、肯いてから、

「あのこと話してもいい?」

と、城戸に声をかけた。

「何なんですか?」

「これは、信じられないことなんだけど、最後に、敵が、私たちを助ける気になったんじゃないかと、考えたことがあるんです」

と、かおりがいう。

「それを話して下さい」

「問題は、敵が用意した透明な壁なんです。文字通り透明で、事件のあと、消えてしまいました。あの壁は、多分、弾力を自由に変えられるように、作ってあったんだと思うんです。あの日、あの空間には二〇〇七年五月九日の現実があった。壁の強度も同じ。当然、私たちは、死ぬことになっていた。ところが、何故か、助かった。何故なのか、考えてみると、最後の透明の壁の強度、弾力が、小さかったんじゃないか。それしか考えられないのです」

「しかし、連中が、間違えるとは、考えられませんよ。現在、空間の支配では、世界一の筈ですからね」

「そうなると、敵が、最後に、仏心を出して、壁の弾力を、突然、小さくしたとしか考えられないのです」

「何のためにです?」

「それがわからないのです」

と、三人がいった。

5

十津川も、考え込んでしまった。

三人を殺そうとしたのは、アメリカの軍産複合体のGEアメリカだろう。

現在の最高機密を守るために、三人の口を塞ごうとした。

ここまでは、まず、間違いないだろう。

しかし、その先がわからない。

GEアメリカは、アメリカの軍と、固く結びついている。

その行動原理は、冷酷なものである。冷酷でなければ、国家の安全は守れないからだ。

それなのに、彼等が突然、仏心を見せて殺すべき相手を助けるなどということは、考えにくい。

川村文平のこともある。

彼があの夜、釜石線の沿線で、どんな写真を撮ったのかはわからない。

多分、GEアメリカにとって、都合の悪い写真を撮ったのだ。

しかし、カメラと、スマホを奪えば、殺さなくてもいいだろうと考えてしまう。しかし、カメラなどを奪ったあと、情け容赦なく、川村文平本人も殺している。

その冷酷さこそ、今まで、GEアメリカにアメリカでの地位を約束してきたのだろうし、軍との共同企業としての信用があるのだろう。

そう考えてくると、尚更、城戸、岡田、小松かおりが助かった理由がわからなくなってくるのだ。

小松かおりは、最後になって、連中が、仏心を出したのだろうという。

わからないのは、その理由なのだ。

十津川は、やはり、矢沢教授の助けを借りることにした。十津川の周囲で、彼以上に、GEアメリカに詳しい者はいないからである。

これで、矢沢に会うのは、何回目だろうか。

今回は、十津川が、東北まで調査に行っていた矢沢を、東京駅まで、迎えに行った。

駅の構内のカフェに入る。

「JRの釜石線を見に行ったんですが、SL銀河の改装が、早くも進んでいましたよ。GEアメリカから、どかんと契約金が振り込まれたので、客車に、向こうの宣伝ポスターを描き入れているんです」

と、矢沢がいう。

「ずいぶん、手廻しがいいんですね」

「宣伝広告費の金額が並みじゃないと、JR東日本は、ウハウハで、一生懸命ですよ」

「それだけ、GEアメリカが、今、日本で起きた事件を気にしているということでしょうね」

「それと関係があるのかも知れませんが」

と、十津川は、城戸たち三人のことに、触れた。

「三人は、理由はわからないが相手が自分たちを助ける気になったと、いってるんです。三人とも、N大の物理を、優秀な成績で卒業していますから、間違ったことは、いってないと思うのですが、なぜGEアメリカが、最後に、仏心を出したというのか、弱気になったのかが、どうにもわからないのですよ」

十津川は、正直に、いった。

「そうですねえ」

と、いつも矢沢がやるように、ちょっと、間を置いてから、

「それは、GEアメリカの問題というより、共同研究をしているアメリカ軍の問題だと思います。GEアメリカが軍の心配を、考慮して行動したということじゃありませんかね」

と、いった。

「それは、アメリカ軍の行動に関係してくるということですか？」

「思い出して下さい。ＳＬ銀河事件のあと、シリアで、アメリカ軍は、ゲリラに対して、例の空間を支配する戦術、技術で戦い、敵を千名殺し、アメリカ軍の損害ゼロの勝利をあげた」

「ああ、思い出しました」

思わず、十津川は、ニッコリした。

日本で、ＳＬ銀河事件が起きたとき、シリアで、アメリカ軍は、ゲリラに対して、「空間を支配する」作戦を、着々、準備していたのだ。

この作戦が成功すれば、シリアから、かなりの部隊を引き揚げさせることが出来る。失敗は許されない。

そんな時だから、軍事行動が、少しでも洩れるのが、怖かったのだろう。それも、ＧＥアメリカの線からだ。

そこで、「空間を支配する」計画の秘密を守るために、ＧＥアメリカは、妥協を繰り返したのではないか。それが、答えだ。

「答えが見つかって、ほっとしました」

十津川は、矢沢に、礼を、いった。

「これで、全部解決しましたか？　一〇〇パーセント納得しましたか？」

と、矢沢が、きく。

「残念ながら、一つだけ、疑問が残っています」

「釜石線の沿線で殺された川村文平さんの事件じゃありませんか？」

「当りです」

「私も、お手伝いしたので、気になっているのです」

「先生が、ＧＥアメリカの社員バッジ、特に、ナンバー百番台の社員バッジを手に入れて下さったので、大いに力になりましたが、残念ながら、いまだにアメリカ側から、容疑者の引き渡しはありません」

と、十津川は、いった。

「私が手に入れた社員バッジは、役に立ちませんか?」

「今のところ、無視されています」

「アメリカという国は、わがままですが、世論を気にするところがあります。GEアメリカのJR東日本への配慮や、若い城戸秀明など三人を瀬戸際で助けた行為などは、それだと思うのですが、なぜ、川村文平殺害事件に対する反応が鈍いのか、わかりませんね」

と、矢沢は、首をかしげた。

「殺人事件の犯人を出すのは、やはり、面子《メンツ》にかかわると思っているんですかね。何といっても、アメリカは、世界一の大国だから」

「それは、あると思いますね。GEアメリカは民間会社でも、『空間を支配する』技術は、軍と共同研究ですから」

と、矢沢はいった。

結局、川村文平殺害事件については、これといった対応策は見つからずに別れたのだが、翌日、電話があって、矢沢は、

「間もなく、解決すると思いますよ」

と、いってきた。

理由を聞こうとしたが、忙しいのか、矢沢は、電話を切ってしまった。

半信半疑でいると、アメリカ大使館から、突然、

「この問題について、至急話し合いたい」

と、いってきた。

十津川は、三上本部長と一緒に、アメリカ大使館に出かけて行った。

大使自らが丁重に、二人を迎えて、

「問題の事件のお答えがおくれて申しわけない。当方としても、全力をあげて調査していたのですが、該当者が見つかりませんでした。それがようやく、発見することが出来ました。実はこの人物は、T・カミングスという三十七歳の技術系のGEアメリカの社員とわかりました。日本での事件の直後、姿を消しておりましたが、シリアの首都ダマスカスの近郊で、遺体で発見されました」

説明し、その遺体の写真を、数枚、十津川たちに渡した。

米軍の戦闘服を着た写真である。

「戦闘ではなく、ゲリラに撃たれたものと思われる。この地区での戦闘はありませんでしたから」

「シリア駐留のアメリカ軍に、まぎれ込んでいたということですか?」

十津川は、半信半疑で、きいた。

「そう思わざるを得ません。念のため、この写真を、GEアメリカに送り、調べたところ、当該企業の技術部門で働いていた、T・カミングスに間違いないという回答でした。日本での事件があった直後、会社から姿を消していたということです。現在、わかっていることは、以上で、もし、日本警察において、疑問があれば、文書で、提出して下さい。誠意をもって調査し、報告させて頂くことを、約束いたします」

最後に、十津川たちに、T・カミングスが、着ていた米軍の戦闘服が渡された。

十津川としては、いろいろ聞きたいことがあったが、大使に、

「とにかく、このことを一刻も早く、日本の警察に知らせてくれと、現地の司令官に頼まれてのことで、詳細はわからないのです。しかし、全て事実であると、司令官は、証言しているので、信用して頂きたいと思います。両国のために」

といわれてしまうと、黙って、捜査本部に戻るより仕方がなかった。

警視総監は、報告を受けて、ご機嫌だった。総監宛にも、アメリカ駐日大使からの書簡を預って戻ったので、ご機嫌なのは、当然だった。

「これで、事件も解決だな」

と、総監が断定的ないい方をしたくらいだった。

この突然の動きに、十津川は、面くらったが、事実を知りたかった。

これは、やはり、矢沢に聞くより仕方がないと思い、会って、話を聞くことにした。

矢沢は終始、笑顔で、十津川が、急にアメリカ側が協力的になった理由をきくと、

「明日の新聞を見れば、わかりますよ」

と、いう。

十津川が、首を傾げる。

「これから先の問題は、日本側にありますね。これで、事件は解決とするかどうか」

「上の方は、満足していますよ。アメリカの駐日大使まで、出てきましたからね」

「十津川さんは、まだ、納得できないところがある？」

「そうですね。ただ、事件の始まりは、あの三人の老人の勝手なわがままですからね。それを引き算すれば、日本側にも非があります」

「あの三人は、向こうは、日本人ではなく、アメリカ人と見ているかも知れませんよ。アメリカ国籍で、何しろ、高額納税者ですから」

と、矢沢は、いった。

（なるほど、そんな見方もあるのか）

と、十津川は、思いながら、

「三人は、日記を、ちゃんと、つけていますか？」

「最初は、英語で書こうと思ったようです。何しろ、アメリカ人になって七十五年ですからね。英語

の方が楽だというのです。しかし、今回はわが人生最後の日記になるから、絶対に、日本語で書くといっていましたね」

「三人とも、お元気ですか?」

と、十津川は、きいた。

「気になるので、時々、電話して、様子を聞いていますｓ。聞いていると、急に、日本人復帰を考えて、お茶だとか、座禅だとかやっているが、やはり問題は言葉だといってましたね。日本語は、難しいが、日本語を喋ったり書いたりする時が、一番、日本的になった気がするそうです」

と、矢沢は、いった。

6

翌日の新聞に、矢沢のいう答えが、のっていた。

「アメリカ軍六〇〇〇、シリアから、撤退」

の文字だった。

傷痕を残したくなかったのか。

その日、捜査会議が開かれ、珍しく、総監も出席した。

その総監が、最初に発言した。

「岩手県警本部長と、この件について話し合った。もともと、向こうの所管の事件だからね。従って、駐日アメリカ大使からの書状の宛名は、私と、岩手県警本部長宛になっている。それを読んで、岩手県警本部長は、こういわれた。ここが落し所ではないか。アメリカ側の報告で、今回の殺人事件は、解決したとすることに異存はないともいわれた。そこで、諸君の正直な意見を聞きたい」

と、いってから、総監は、十津川に眼を向けて、

「君は、今回の事件の担当者だから意見があるだろ

う」

「問題は、調書をどう書くかだと思います。GEアメリカが、軍と協力して開発した空間戦略、そのことに、動機として触れたいのです。その機密を守るための殺人ですから。それは可能ですか？」

と、十津川は、きいた。

「それは、難しいよ」

と、総監は、言下に、否定して見せた。

「駄目ですか？」

「向こうは、そのことに触れて貰いたくないから、駐日大使まで、顔を出しているんだ」

「それはわかりますが」

「これは、岩手県警本部長とも、話したんだが、殺された川村文平は、あの日、SL銀河のいい写真を撮りたくて、現場附近を歩き廻っていた。一方、GEアメリカの社員T・カミングスは、休暇を取って、観光に東北にやってきていた。少し酔っていた。二人は、身体がぶつかったことから、ケンカになり、カミングスは、かっとして、川村文平を殺してしまった。また、彼は日頃から、日本のカメラを、欲しいと思っていたので、川村のカメラを奪って逃げた。代わりに、N社のカメラを残した。こんなところで、何とか、納得できるんじゃないか。岩手県警本部長も、この線で、納得と、いっている」

と、総監は、いった。

「本当の動機を書くのは、駄目ですか？」

と、十津川はもう一度、きいてみた。

「日本とアメリカは、同盟を結んでいる。日米安保だよ。守らなければならないのは、軍事機密だ。それでなくても、アメリカ側は、日本の機密保守が、平和ボケで杜撰《ずさん》だと文句をいっている。そんな時に、現在の米軍の最高の軍事機密のために殺人が起きたと、われわれが発表したらどうなるんだ。マスコミが、一斉に、調べ始めるぞ」

「わかりました」

と、十津川は、いわざるを得なかった。

7

「不満そうですね」

矢沢が、笑いながら、きく。

「もちろん、不満です。私は刑事ですから、事件の捜査に当っては、いいかげんな妥協はしたくありません。釜石線のＳＬ銀河で、いったい何があったのか、ＧＥアメリカが、軍と共同で開発した『空間を支配する』技術とは、いったいどんなものか、それが、今回の一連の事件と、どう関係するのかまで調べあげて、調書を作り、その結果として、容疑者を起訴したい。それが私の願いです」

と、十津川は、いっきにいってから、

「しかし、それをやれば、日米間の安全が危くなるといわれれば、私は、一人の公務員でしかありませんから、諦めざるを得ません。ただ何年か経って、現在の軍事機密が、子供にも理解できる平凡なものになったら、もう一度調書を書き直したいと思っています。これは、私の自尊心にかかわりますから」

「それで、これから、どうするつもりですか？」

と、矢沢が聞いた。

「一ヵ月間、休暇を取ります」

と、十津川が、答える。

「一ヵ月もですか？　どうして？」

「傷ついた自尊心を癒やすには、一ヵ月が、必要です」

「それが許されなかったら？」

「多分、警視庁に、辞表を出します」

と、十津川は、いった。

「最後の質問をさせて下さい。一ヵ月、何をして過ごすつもりですか？」

と、矢沢が、きいた。

「仕事以外に、今、一番関心があるのは、三人の元特攻隊員と、その三人の孫のことです。だから、何とか、三人の日記を、読みたいと思っています」

と、十津川は、いった。

終章　三人の日記

1

十津川の長期休暇は、許可された。

だが、十津川本人は、上司が、本音で許可したとは思っていない。

彼の長期休暇を問題にすることより、今回の一連の事件の結着、それも、政治的結着をつけることが重要だったのだ。

従って、どんな結着になるかは、十津川には、だいたい想像がついていた。

その中で、十津川が、ほっとしたのは、これで、城戸秀明、岡田光長、小松かおりの三人の安全のために、勾留しておく必要がなくなったことだった。

当然、そのあと、三人と祖父たちとの関係がどう変ったか、変らなかったかが、十津川は、気になった。

十津川は、第一に、そのことが、知りたかった。そのためにも、祖父たちがどんな日記を書いているか、見たい。

そこで、休暇を取ったあと、ロスにいる三人に、手紙を書いた。孫三人を釈放したことを知らせてから、皆さんの書く日記を読ませて欲しいとである。

できれば、十津川のパソコンに、毎日送信してくれれば、ありがたいと追記したのだが、何故か、その返事が来なかった。

あわてて、矢沢に電話してみると、彼も、見せて貰えないのだという。

「直接アメリカに、三人を訪ねて行って、生きていた特攻隊員と、彼等の孫たちの交流ということで戦後資料としても貴重なので、毎日、読ませて欲しいと、いったんですが、三人にいわせると、それが、公になると、喜んでくれる人もいるが、傷つく人もいる。そのことで、三人で連日、悩んでいるといわれてしまいましてね。それもわかるので、引き下がったんです。三人は、死なずに生きたわけですが、あの戦争で、何千人も、特攻で死んだ人間がいて、彼等は、二十歳前後の若さで死んで、家族にも会えなかったわけですからね」

確かに、生きていた特攻隊員三人にしてみれば、いざ日記をつける段になれば、そんな心配も出てくるだろう。

今も、城戸海軍少尉、岡田上飛曹、小松上飛曹の三人は、昭和二十年三月十一日に特攻死したままになっているのである。

十津川は、三人の日記を今、見ることを諦めることにした。ただ、そのうちに、彼等の気持が変って、読むことが出来ることを期待した。出来れば一ヵ月の休暇の間にである。

しかし、十日、二十日と過ぎても、三人から、日記は、送られて来なかった。

一ヵ月の休暇が終って二日後、突然、ロスから小包みが送られてきた。

中身は、三人が書きついだ日記だった。

2

(一ページ目は、次の記述で始まっていた)

今日から、私たち三人は、城戸、岡田、小松の順で、自分の正直な気持を、書きついでいくことにした。書くことは、何でも構わない。ただし、絶対に嘘は書かない。それは、これが私たちの遺言になるかも知れないからだ。

城戸　雅明
岡田　光一郎
小松　正之

*

（この日より、城戸雅明、記す）

九十七歳である。長く生きたおかげで、孫の顔を見ることが出来た。

望外の喜びである。

あの日、太平洋上のウルシー環礁で、大義のためと信じて死んでいった戦友たちには、申しわけないと思いながらも、私は嬉しい。

しかし、その喜びを、どう行動に移したらいいいか、簡単に答えが出ないのだ。

すでに、このことで、私たち三人は何日も話し合っている。

さまざまな希望があるものの、戦後七十五年間に、私たちが背負ったものが、あまりにも大きくて、簡単に捨てることは出来ないのだ。

家族を含めての人間関係がある。

営々と築きあげた資産がある。

私は仏教徒だったが、今はキリスト教徒だから、宗教問題も出てくるだろう。

そんな問題だらけの中で、私たち三人で、一つだけ、決めたことがある。これだけは、早々に決まった。

それは、孫たち三人は、絶対に、愚かな戦争で死なせてなるものかという決意である。

太平洋戦争（大東亜戦争）は、負けるとわかっていたと、指導者はいう。そんな戦争は、やるべきではないだろう。絶対に。

その点、アメリカは、世界一の強国で、世界一豊かな国である。それに、民主主義の国でもある。だから、この国がまた戦争を始めるとは思わなかったのだが、やたらに、世界に軍隊を派遣して、戦争をやることに、私は驚いてきた。

当時の日本は、貧しく、資源に乏しかった。貿易で入手すればよかったのに、戦争で手に入れようとして、全てを失ってしまった。

その点、アメリカはと思っていたら、戦争を続けているのだ。豊かでも、国家というのは、戦争をするものだと知った。それも単なる自尊心のために。

三人の孫は絶対に、戦争では死なせないと、われわれは、決意した。

日本は、今のところ、平和憲法だから、政府が戦争を始めることはないだろう。おかげで、戦後七十五年間、戦争とは、無縁だった。

アメリカと仲良くなって、より戦争から遠くなったと思っていたのに、その相棒が、戦争好きとわかって、心配になってきた。

金持ちケンカせずだというのに、この金持ちは、ベトナムで、延々と戦い、また、イラクと戦いシリアでも戦っている。

今度は、アメリカの戦争に日本が巻き込まれるのではないかという心配が出てきた。

それに、三人の孫が就職したRエレクトリックという会社である。

われわれ2KOは、アメリカに研究所を作るという社長の考えに賛同して、投資を決めたのだが、今回、アメリカ軍と軍産複合体の典型の企業GEアメリカとの合併に熱心だとわかって、なおさら心配になってきた。

アメリカ軍隊は、現在も、シリアで戦っている。

そして、最近は、ゲリラ掃蕩作戦で、例の「空間を支配する」技術を、全面的に使っている。

日本で、同じ作戦の一部が使われた（この責任は、われわれにある）。

それでわかったのは、GEアメリカの技術者も、参加していることだ。

シリアでも、同じだろう。

心配のしすぎかも知れないが、三人の孫の働くRエレクトリックは、GEアメリカとの合併を希望し、「空間を支配する」技術で、会社を大きくしようとしているのだ。

アメリカが自国の人間の死を心配して、Rエレクトリックへ協力を要請したら、この会社は、喜んで自社の技術者を、戦場へ送るのではないか。

シリアでのゲリラ戦で、アメリカ軍の完全な勝利をニュースが伝えた日、私たち三人は、孫たちのことで、集まって協議した。

自分たちの昭和二十年三月十一日が、前提にある。

今の若者たちを、死なせたくない。

二十代、中には十七歳で、一生を終えてしまうのは、あまりにも、可哀そうではないか。

それが、自分たちの孫となれば、なおさらではないか。

「孫たちにしてみれば、われわれが余計な心配をしていると、笑っているかも知れないな」

と、小松が、いった。

多分、その通りだろう。

日本の若者たちは、多分、誰ひとり戦争で、命を落すとは、考えていないだろう。

われわれだって、そうだったのだ。

日中戦争の時は、いつも中国兵との戦いで勝っていた（敵が逃げていた）から、兵士たちは、戦争というのは手柄を立てて故郷に帰り、賞讃されるものだと思っていた。死ぬことは、まず、ないだろうと。

太平洋戦争で、激戦が続いても、私たちは、死というものを、あまり考えずに戦っていた。

私たちは、連日、空中戦を戦っていた。次第に苦戦が多くなり、戦友が次々に死んでいったが、死は私に取りついてはいなかった。

五死五生が、九死一生になっても、生きる可能性が一でもあれば、恐怖が取りつくことはないのだ。

昭和十九年末に、「特攻」が命令されると、事情は一変する。

なお、念のために書いておくが、私たちがいた部隊では、司令官は、明らさまには、特攻は命令しなかった。

ある日、突然搭乗員全員の集合がかけられ「重大な命令を伝えるから、全員、眼を閉じて聞け！」と、命令された。

われわれは、わけがわからず眼を閉じると、司令官がいった。

「今や、対米戦争に勝つ方法は諸君が、一機一艦を目ざして、体当り攻撃をするよりなくなった。従って、我が航空艦隊は、今日より全機を以て、体当り攻撃を実行する。賛成する者は、眼を閉じたまま一歩前に出ろ！　反対の者は、そのまま動くな！」

とたんに、私は一歩、前に出た。

いや、私だけではない。全員が前に出た。岡田も、小松もだ。

そして、梓特別攻撃隊が編成された。

だから、強制ではなく、全員志願である。

しかし――違う。

これは、命令なのだ。

この奇妙な結論は、今の若者には、絶対にわからないだろう。が、わかって貰いたくもない。

小松が、Ｒエレクトリック社長の本音を知りたいといった。

何処まで、GEアメリカとの合併を望んでいるのか、戦争について、どう考えているのか知りたいという。

われわれ2KOは、Rエレクトリックへの投資主である。

われわれが、電話すると、藤井《ふじい》社長は、日本時間深夜にもかかわらず、すぐ電話に出た。

藤井社長、五十三歳。

フルネームは、藤井勇一郎《ゆういちろう》。東京都出身。K大物理学科卒業。三十二歳で、父の後を継ぎ、Rエレクトリック社長の座に就く。

その時から、会社を大きくすることだけを考えていたといわれる。

そのために、自衛隊の装備の製造を、積極的に引き受けたりした。利益率がかたいからであり、それが成功すると次に、アメリカの軍産複合体の典型のようなGEアメリカとの合併を、希望した。

このことを軽視して、私たち2KOは、Rエレクトリックに投資をすることにしてしまったのだ。

おかげで、孫たちの存在も知ったわけだが、Rエレクトリックの体質には、元特攻隊員のわれわれとしては、どうしても、なじめないのだ。

これは、お節介な話なのだが、孫たちには、どうしても、平和産業に移って貰いたいという思いになってしまう。

＊

今日、娘ミリーが、嫁ぎ先のカリフォルニアから、孫娘を連れて遊びに来た。スペイン系だ。

五歳になっている。私に会わせたくて、わざわざ和服を着せて連れて来たのだ。

とにかく、可愛い。私の顔を見て、「おじい、おじい」と呼ぶ。私に久しぶりに会うので、その日本語だけ覚えさせたらしい。

そんなことは、お見透しなのだが、大きな眼で見つめられて、「おじい」と呼ばれると、私の決心はがたがたと音を立てて崩れてしまう。

私と、岡田、小松と三人だけでいる時は、せめて最後の一年か二年、七十五年ぶりに、日本に帰り、孫たちと過ごしたいと思う。今の奥さんと、財産を分けて、何とか、納得して貰ってとか、別れる理由が、口をついて出てしまうのだが、ひとりになり、娘のミリーが、孫娘を連れて来たりすると、とても、今の家族と別れて、最後を日本でとなど、考えられなくなってしまうのだ。

弱い。

私は、やたらに弱い。

娘と孫は、二、三日、泊っていくという。

岡田と小松に、その間、来るなといわなければならない。

＊

ワシントンのUSファンド本部から、電話が入った。

われわれが、ロス支部を解散し、USファンドの会員であることを、辞退したいと申し出たことに対する本部のCEOからの回答だった。

「退会は、承知する」

と、いってから、

「日本から、Rエレクトリックの社長、ミスター・藤井が、会いにやって来た」

と、いうのだ。私が、理由を聞くと、

「今回のことで、USファンド・ロス支部が、折角、投資を予定してくれたのに、引き揚げてしまうのではないかと心配してやって来たらしいのだ」

と、いう。

「こちらとしては、一度決めた投資ですから、シンギ上も、引き揚げることは出来ません」

「シンギ――？　何？」

「申しわけありません。サムライ的にいうと、

Loyalty か、Honor に当ります」

「君には、久しぶりに、サムライという言葉を聞いたよ」

と、CEOが、電話の向こうで笑った。

「ミスター・藤井は、まだ、そちらに、いるんですか?」

と、私は、きいた。

「ああ、明日、GEアメリカのCEOにあいさつしてから、日本に帰るといっていた」

「いぜんとして、GEアメリカとの合併を希望しているようですか?」

「面白いことをいっていたよ。GEアメリカが開発した例の軍事技術『空間を支配する』だが、専守防衛をモットーにする日本の自衛隊には、最適の軍事技術だとね」

「やはり、合併を希望しているんですね」

「これは、ミスター・藤井には、内緒だが、彼は二つの間違いを犯している」

と、USファンドのCEOは、いった。

「ぜひ、教えて下さい」

「第一、ミスター・藤井は、専守防衛の技術といったが反対だ。シリアで米軍が久しぶりに、ゲリラ戦に勝利したのを知ってるか?」

「新聞で、読みました。ゲリラ千人を殺し、損害はゼロだったと」

「つまり、それだけ、攻撃的な軍事技術だということだよ」

「もう一つは、どういうことですか?」

「ミスター・藤井は、GEアメリカとの合併を熱望している。しかし、両者の資金力の差、規模の大きさの差から考えて、合併にはならない。GEアメリカによる吸収だよ。多分、Rエレクトリックは、GEアメリカの一部局になってしまうだろう」

怖いね。怖いが、その通りだろう。

Rエレクトリックの藤井社長は、しきりに、アメリカの大企業GEアメリカとの合併を口にしているが、アメリカ側から見れば、こんなものなのだ。

ますます、孫の三人に、Rエレクトリックを辞めさせたくなった。

一日たった。

＊

私は、岡田と小松を誘って、日本に帰る藤井社長とワシントンの空港で会った。

時間は、ほとんどなかった。

藤井は、ハーフの女性秘書と一緒だった。通訳も兼ねているのだろう。

藤井は、Rエレクトリックに投資してくれた私たちに対して、やたらに腰が低かった。

「そちらで働いている城戸秀明、岡田光長、小松かおりの三人について、お願いがあります」

と、私は、彼にいった。

藤井は、ニッコリして、

「殺人の容疑も晴れて、釈放されたので、予定どおり、近日中に、アメリカの研究所に出発します」

と、いった。

そう答えることが、われわれを喜ばせると思っているのだろう。だから、

「出来れば、三人を、Rエレクトリックから馘《くび》にして欲しいのですよ」

と、岡田がいうと、藤井はびっくりして、

「それは当人が、わが社を辞めたがっているということですか？」

「いや。三人は、何も知りません。われわれの勝手な事情です」

「よくわかりませんね。あの三人は、今後わが社の発展を考えれば、絶対に必要な人材です。それに、すでに、わが社のアメリカ研究所への派遣第一陣に決まっているので、余程の理由がない限り、辞めさ

せるわけにはいきません」

藤井は、急に、強く出てきた。

更に悪いことに、藤井の出発の時刻が来てしまった。

われわれは、空しく、藤井を見送らざるを得なかった。

このあと、われわれは激しい議論をした。

われわれの三人の孫に、どうやって、Ｒエレクトリックを辞めさせるかの議論だった。

「投資の中止をちらつかせて、藤井社長を脅かすのが一番簡単だよ。間違いなく、彼は孫たちを、馘にする。それから、三人を、どうするか、考えたらいいと思う」

と、岡田が、いった。

確かに、それが、一番、簡単だろう。

藤井社長は、われわれの三人の孫を、会社にとって、不可欠の人材と讃《ほ》めあげた。が、投資が中止されるとなれば平気で、理由をつけて、孫たちを馘にするだろう。

「そのあと、われわれが作ったオモチャ工場を、孫たちに、委せればいい」

と、岡田がいった。

小松も、それに賛成した。

だが、私は反対した。

「孫たちを欺《だま》すことになるし、何よりも、シンギにもとる」

と、私は、いった。

岡田と小松が、顔を見合わせた。

「シンギ——何？」

「a man of honor だよ」

「え？」

「The SAMURAI is a person of loyality だよ。サムライだよ。武士道だよ」

私は、いらいらした。七十五年で、武士道を忘れたのか。

「わかった。大義親を滅すだろう」

やっと、岡田が、少しまともなことをいった。

「私は、孫たちに、ほんの少しでも、駄目な日本人と思われたくないんだ。尊敬されたまま、死にたいんだ」

私は、二人を見すえて、いった。

「その点は、私も同じだ」

と、すぐ、小松も、いった。

「じゃあ、どうする? 孫たちが自分の意志で、Rエレクトリックを辞めるのを待つのか? 辞めなかったら、どうする?」

岡田が、いい返す。

私も、そういわれると困る。だから、苦しまぎれに、いった。

「まず、日本へ行って、東京の下町に、われわれのオモチャ工場の土地を見つけて、設計してみようじゃないか。孫たちに見せる見本がなければ、説得しようがないから」

小松がすぐ賛成した。彼も、孫たちを説得する方法が見つからないらしい。

＊

七十五年ぶりに、われわれは、日本の土を踏んだ。

SL銀河事件の時、われわれは、全ての演出を、GEアメリカ側に依頼して、アメリカにいた。まず、戦争を知らない孫たちに、戦争と特攻の真実を知って貰いたかったからだ。

その後、孫たちが心配になった時も、三人の日系アメリカ人に、日本へ行って、守ってくれと頼んで、自分たちは、行かなかった。

だから、今日、戦後初めて、われわれは、日本に来た。

成田から、車を頼んで、佃島《つくだじま》に向かう。

この先は、東京の下町で、親戚がオモチャ店をやっていたという岡田が、案内することになった。

車の外を、現代の日本、東京の景色が流れていくが、不思議に違和感を感じなかった。

それだけ、ニュースで、たびたび、東京の景色を見ていたからか、それとも、現代都市東京に特徴がなくなってしまったのか。

しかし、佃大橋を渡って、佃島に入り、車を降りると、さすがに、他の国とは違った東京があった。

佃煮屋が並び、小さな工場が並んでいる。

われわれは、その中に、気に入った大きさの工場を探した。

歩いている中に、「休業中」の札のかかった建物を見つけた。

高い板状の塀に囲まれていた。従業員五、六十人の感じの工場だった。

何を作っている工場かわからない。

連絡先が書いてあったので、私が電話してみた。

この近くの不動産屋で、われわれが、気に入れば買いたいと告げると、社員が、カギを持ってきた。

開けてくれて、中に入る。

中は予想より広かった。工場があり、社員寮もあり、気に入ったのは、裏が海に通じていることだった。強くいえればアメリカに通じているのだ。

「一年二ヵ月前に、赤字が溜って、潰れました。古い機械は売れずに、そのままになっています」

と、不動産屋の社員が、説明する。

「何を作っていたんですか？」

と、岡田が、きいた。

「日用品です。アルミの弁当箱とか、置時計とか、木製の皿とか、茶碗とか、いろいろです」

「どんな人たちが、働いていたんですか？」

「近所の主婦たちとか、定年退職した元サラリーマンとか、社長が、情に厚くて、いつも、余分に人を傭《やと》っていたので、潰れちゃったんです」

「左半分が工場で、右半分が職人さんたちの宿舎屋、食堂になっていたみたいですね」

「そうです。食事を作る担当が、三人いましたね。これも、地元のママさんたちです」

「全部で何人の人が、ここで働いていたんですか？」

「三十人から五十人です。ええ。ほとんどが、地元の人間です」

「われわれがここで、工場を再起動させたら、その人たちは、もう一度、ここで働いてくれますかね？」

「何を作る工場なんですか？」

「オモチャです」

「ＡＩを使うオモチャだと、ママさんたちには、無理でしょう」

「いや。昔なつかしのオモチャです」

「それなら、大丈夫かも知れませんよ」

と、不動産屋は、ほっとしている。売れそうだと思ったのだろう。

このあと、事務所で、不動産屋から、青写真を見せられたり、従業員用の風呂が、こわれていることなどの説明を受けた。

多少の不満があっても、途中から、われわれは、この工場を買う気になっていた。

理由は、自分たちの年齢だった。

全員が九十代。一応、元気でも、いつ突然、死を迎えるかも知れない。

それに三人とも、持病がある。

共通なのは高血圧。三人とも、今までに一回倒れたことがあった。早期発見とリハビリで、何とか、動けるようになっているが、高血圧はそのままだし、私と岡田は糖尿でもある。

もう一度、倒れたら、そのまま死ぬこともあると、医者に脅かされていた。

だから、自然に、急ぐことになるのだ。自分たちの生きている間に、平和なオモチャ工場を建て、それを、孫たちに委せたいということでは、われわれは、一致していた。

「買うつもりになっています」

と、私は、不動産屋の社員にいった。

「だから、正直に教えて欲しいことがあります」

「何でも、聞いて下さい」

「この近くに、オモチャ工場がありますか?」

「橋の向こうに、少し大きいオモチャ工場がありました。サン・キャラメルというキャラメルメーカーがありましてね」

「名前は、知ってますよ。そのサン・キャラメルが、どうかしたんですか?」

「二年前に潰れました。橋向こうのオモチャ工場は、そのサン・キャラメル専門に、おまけのオモチャを作ったりしていたんですが、サン・キャラメルが潰れてしまったので、オモチャ工場の方も、自然に潰れました」

「その工場でも、近所のママさんが、働いていたんですか?」

「そう聞いています」

と、不動産屋は手帳を見ながら、答える。

「すると、今は、この近くに競合相手は、いないということになりますね?」

「そうです。ただ、今のＡＩオモチャは、大工場が、大量生産で作っていますからね。コンピューターで動くロボットなんかは、この辺のオモチャ工場では、作れませんから、潰れていくんです」

「われわれの考えている工場では、ＡＩのオモチャは作りません」

と、私は、いった。

＊

東京での、われわれは、忙しかった。

まず、潰れた下町の工場を、建物ごと買い取り、東京の建設会社に、こちらのオモチャ工場の話をして、設計図を描いて貰い、それに従って、工場の改造を頼んだ。

問題は、これらの物件を、誰の名義にするかだ。

われわれはもちろん、孫の名義にしておきたかった。

だが、断られるのが怖かった。

自分でも不思議なのだ。岡田と小松も同じだろう。

われわれは、三人ともすでに、九十歳を過ぎている。

二十代で、梓特攻隊員となり、昭和二十年三月十一日、アメリカ空母に、突入した。あの時、間違いなく、私たちは死んだのだ。

だが、生きて、日本人を捨て、アメリカ人になり、アメリカで家庭を持ち、財産を作った。そんな人生を送ってきたので、怖いものなしの筈なのに、今は、孫のことで、一喜一憂している。

孫に気に入られたい。

好かれたい。

尊敬されたい。

オモチャ工場を、受け取って貰いたい。


今の財産の半分を、妻と家族に渡し、半分を使って、オモチャ工場を建て、それを、孫に贈りたい。いや、貰ってもらいたい。

謙虚というのではない。卑屈なのだと、自分でも思っている。

だから、断られるのが怖い。

突然、見つかった孫だから、簡単に失うかも知れないのだ。

「遺言しよう!」

と、突然、岡田が、叫んだ。

「遺言で、オモチャ工場を孫に贈ることにすれば、こっちは死んでいるんだから、断られても、わからない」

私も、小松も、たちまち、岡田に賛成した。

＊＊＊

私たちは、すぐ、アメリカに帰り、長年世話になった顧問《こもん》弁護士に、内密に遺言状作りを頼むことにした。

「今の家族と別れるというんじゃないんですよ。死ぬ前の一瞬だけ、わがままを許して貰いたいんです。一瞬だけ日本人に戻って、知らずに育っていた孫に、ありがとうと、いって貰いたい。それだけなんです」

私たちは、共通の弁護士に、久しぶりに頭を下げた。

だが、ハーバードを首席で卒業した、われわれの弁護士は、冷静に、

「無理です」

と、いった。

「皆さんは、一生に一度とか、死ぬ前の一瞬のわがままだといいますが、ご家族から見れば、おかしくなったとしか思えませんよ」

「離婚を要求されるかな？」

「それだけでは、すみませんね。夫婦で作ってきた財産を相談もせず、勝手に使う。全財産の差し押さえを要求されると思います。日本で、黙って買った工場もです」

「それは、困る」

「でも、訴えられたら勝てませんよ」

「どうしたらいい？」

「あなたは、城戸雅明じゃなくて、木下・A・ロドリゲスですよ。法律的には、日本の城戸家とは、関係のない人間だということは、わかっているんでし

ょう」

弁護士が、痛いところを突いてくる。

「わかってる。他に生きようがなかったんだ」

「その関係のない日本の城戸家の一人に、日本の孫だから、財産をあげたいとか、工場をプレゼントしたいといっても、法律的には、全く通用しませんよ。他のお二人も、同じですよ」

私は、黙らされ、岡田と小松も、黙ってしまった。

気まずい沈黙が続いた。

すと、弁護士が、何気ない調子で、

「日本に、こんな言葉があると聞きました。『魚の気持と人間の気持は同じ』でしたか」

と、いった。

弁護士が、わざと間違えたのにすぐ、気がついた。

「それ、魚心あれば、水心ありでしょう?」

「ああ、そうでした。日本のことわざは、微妙すぎて、解釈がむずかしいが、同じような言葉は、アメリカにもあります。何とか、全員が傷つかないように考えましょう」

「そうして下さい」

「ただ覚悟して下さい。ご家族から見れば、皆さんは、悪人です。その悪人が一番傷つくのが当然で、それが、法律的正義というものです。皆さんは、その覚悟だけはしておいて下さい」

と、弁護士が、脅かした。

＊

何となく、忙しくなった。

気持の上の忙しさだ。

それと一緒に、身体の調子も、おかしくなった。

病院で診て貰う。

大腸にガンらしきものがある。が、今のところ、それがガンなのか、影なのかわからないといわれた。

ただ、排便の時に、やたらに痛む。

ガンの専門病院で、調べて貰うが、ここでも、わからない。が、入院をすすめられた。

それは出来ないのだ。今の私には。いや私たちには。

岡田と小松は、日本の病院に入院して、孫に見舞いに来て貰い、それを親しさに変えていったらどうだというが、私はそんな姑息な手段を取りたくない。

もし、大腸ガンではなかったら、日本の孫を欺いたことになり、それだけでなくアメリカの家族も欺いたことになってしまうのだ。

だから、絶対に出来ない――出来る筈がない。

＊

今、ロスの州立病院のベッドで、この日記の続きを書いている。

やはり大腸ガンだった。

年を取ると、悪い予感の方が当るようになり、救急車で運ばれ、大腸ガンとわかった。

手術が決まった。が、三日間、待てという。それだけ、最近大腸ガンの患者が多いのだと医者はいう。

「もう少し生きていたいので、成功の確率は、どのくらいですか?」

と、私がきくと、一日二件の大腸ガンの手術をするという医者は、

「今は、大丈夫ですよ。十回に八回は成功します。まあ、安心して下さい」

と、笑顔で、いった。

「でも、二回は、駄目なんでしょう」

「二回なんて、ゼロと同じです」

と、医者は、自信満々だった。

＊

明日、手術。

日本から、見舞いの花が届いた。

『今も勇者の祖父　城戸雅明様へ。あなたの孫　秀明』

と、あった。

岡田と小松が、手を回してくれたのだろうが、私は泣いた。サムライだから声を出さずに泣いた。

＊

（これから先は、岡田光長と、小松正之の二人が、書き続ける）
○月○日
我が友　城戸雅明九十七歳。手術ノ直前、病ニ死ス。無念ナリ。

戦争中なら、そんな風に書くところだが、いずれにしろ、悲しいことに変りはない。

ハーバード出身の弁護士が、上手くやってくれたので、城戸の突然の死でも、東京下町のオモチャ工場は、われわれ二人の所有に移され、孫たちの手に渡すことが、可能な状態になっている。

＊

東京下町のオモチャ工場の改造が、どの程度まで進んでいるかを見るために、私、岡田は、小松と一緒に、何度目かの日本行をした。

もっと前に、行きたかったのだが、城戸の葬儀などで、ロスを離れることが、出来なかったのだ。

改造は、八割ほど、終っていた。

あとは、必要な機械、工具を集めるだけである。

写真を撮る。城戸の墓に捧げるためだ。

そんな作業をしていると、十津川警部が、亀井刑事を連れて、現れた。

私たちが、一応、東京行を、知らせておいたからだ。

佃島のカフェで、話し合うことになった。

「今回の一連の事件は、解決したんですか？」

と、私は、聞いてみた。

「私は、一ヵ月の休暇を貰っていましたから、事件の捜査は、直接、本部長が担当していますが、全て解決したことになっています」

と、十津川は、いう。

「政治決着ですか？」

小松が、きくと、十津川は、苦笑して、

「こうした事件では、政治決着しかありませんから、上の方は、ほっとしているんじゃありませんか」

と、いった。

「しかし、マスコミは、満足しないんじゃありませんか？」

私が、きいた。

「確かに、テレビや新聞が、質問をぶつけて来ますが、私たちは、回答の仕様がない。米軍の機密が、からんできますからね。今の状況で、米軍が、その件について、答える筈がないからです」

と、十津川が、答える。

「来日して、日本の新聞を見たら、『空間の支配とは、いったい何だ？　何かのマジックか？』という言葉が出ていましたが」

「それで、なおさら、在日米軍が、ピリピリしています。下手をすると、日米安保に関係してきますから」

と、十津川は、いった。

私は、これ以上、事件のことに触れても仕方がないと思い、

「私たちの孫たちには、会っていますか？」

と、きいた。

「会っていますよ。彼等を殺人容疑で逮捕した経過がありますからね。ああ、秀明さんは、祖父の雅明さんが亡くなったので、花をおくったと、いっていましたね」

「実は、亡くなった城戸は、孫に、Rエレクトリックを辞めさせたかったんです。城戸だけじゃありません。われわれ三人は、全員、孫たちに、Rエレクトリックを辞めて貰いたいのです」

と、私は、いった。

「それは、Rエレクトリックが、GEアメリカとの合併を願っているからですね？」

「今回の事件でも、主役は、GEアメリカですからね。私たち、梓特別攻撃隊の生き残りが、何をいうかと思われるかも知りませんが、世界が、平和の方向に動いて欲しいのです。戦争で死ぬべき人間が、九十歳を過ぎるまで、生きられたのは、戦争が終り、平和が来たからです。孫を知れたのも、平和のおかげです。だから、少しでも戦争の匂いのあるものに、孫たちが向かって貰いたくないのです」

「それで、お孫さんたちに、Rエレクトリックを辞めろと、すすめたんですか？」

十津川が、きくので、それに対しては、私は、

「それは、絶対に、やらないと決めていました。亡くなった城戸ともです。強制は絶対にしないと、それを前提にしたんです」

「何故ですか？」

「自分たちが自由ではなく、強制された世界にいて、そんな中で、特攻が決められたし、十死ゼロ生という、考えることの出来ない人生を過ごしてきたからです。愛のためでも、強制はノーです。私たちが、その間違いを証明しています」

「しかし、今のところ、三人のお孫さんは、まだRエレクトリックを、辞めていないんでしょう？　彼

等が、自分から、Ｒエレクトリックを辞める可能性はあるんですか？」

十津川は、しつこく、同じ質問を繰り返す。

しかし、この質問に答えられるのは、三人の孫たちだけなのだ。

だから、私は、いってやった。

「私たちとしては、孫たちが、自ら、Ｒエレクトリックを辞めて、こちらが用意したオモチャ工場を受け取ってくれることを期待していますが、彼等が、嫌なら、それはそれで、仕方がないと思っています」

「お孫さんたちが、オモチャ工場を受け取らなかったら、どうするんです？」

「東京都に貰ってもらうことになります」

と、小松が、いった。

「それなら、現金の方が、良かったんじゃありませんか？　お孫さんたちを、拘束しないから」

「それじゃ、駄目なんですよ！」

小松が突然大きな声を出した。

われわれの中では、一番、物静かで、常識的な小松なので、私もびっくりしたし、十津川も、驚いた顔で、

「いけませんか？」

「駄目ですよ」

「どうしてです？」

「決まっている。われわれの思いが伝わらないからです」

「でも、お孫さんたちに、委せるんでしょう？　それなら、現金が、向こうも受けやすいと思いますが」

と、十津川が、いう。

このままでは、際限がないと思い、私が割って入った。

「私たちが、拘るのは、そういうことじゃないいん

だ。私たちだって、現金の方が、孫たちは使い易いとわかっているし、渡し易い。私たちは、昭和二十年三月十一日に、死を強制された。しかも、それが、正しいことに見えるようにしてね。国のため、天皇のため、大義のためと、いってね。子供の時から、個は集団の犠牲になるべきもの、個人は国家に奉仕するのが当然と教えられた。私たちは、その考えを捨てたんだ。そのためには、いかに善意だろうと、強制は、絶対にノーだと決めてきたんだよ。特攻だって、第一の問題は、志願か、強制かなんだ。だから、絶対に、孫たちに、強制はしまい、善意の押しつけはしまいと、決めているんだ」

「それでは、何の呼びかけもしないんですか?」

「今までに一度だけ、亡くなった城戸が、アメリカの雑誌に書いた短いエッセイを翻訳して、送ったことがあります。それだけです」

「それを読みたいな」

と、十津川が、いった。

私と小松は、その短いエッセイを、もう一度読み直してから、十津川に送ることにした。

「愛する日本人に贈る言葉」　城戸雅明

私は、中等学校(今の高校)を卒業すると、自らプロの軍人の道を選んだ。まず教えられたのは、忠節、礼儀、武勇、信義、質素のいわゆる五ヵ条だった。これさえ守っていれば、立派な軍人、天皇の軍人になれるのだから、束縛ではあるが、便利な合言葉でもあった。

その後、私は、特攻を志願し、奇蹟的に、生き残って、アメリカ軍の捕虜になった。今、私は、アメリカ的な眼で、日本と日本人を観察している。そして、気がつくのは、いまだに、多くの言葉や規則が、彼等を拘束して、自由をせばめていることだ。

しかも、日本人はそれを楽しんでいる。必要だと思っている。かつて私も同じだった。今、私が一番気になるのは「老」と「和」だ。それは、日本人を束縛している言葉でもある。

アメリカ的な眼で見ると、それは、危険とわかるのだが、日本人には、逆に甘美な教養と映って、捨てられない。捨てるのが怖いのだ。

私も、ファンドの仕事をしているので、日本人の同業者と議論をしたことがある。これからの事業には、冒険が必要であるというので、私は、とにかく、侃々諤々の議論になることを期待した。ところが、日本人の司会者が、私にいったのだ。『日本で一番大事なのは調和です。場を荒すような議論は止めて頂きたい』と。

もう一つは「長」である。これは、先輩というわけではなく、伝統という意味に近い。もちろん、伝統はすばらしい。

しかし、アメリカ人は、伝統は破るためにあると考えるのに対して、日本人は守るためにあると考えている。古い美術品を守るのはいい。だが、家元制度には危険がある。これは「長」の典型で、日本の伝統、古典芸能を守ってきた役割は認めるが、改革が必要なのだ。

ところが、今は、守ることのみ必要に見える。最近、聞いた話では、ある家元の娘が、十五歳も年長の官僚を婿にしたが、多くの人が、家元制度を守るための税金対策だといっている。

従って、今、私が愛する日本人に捧げる言葉は、二つしかない。

それは、何からも「自由」になることと、その自由が生まれるための「平和」である。

＊＊＊

六ヵ月後。

十津川は、東京下町の小さなオモチャ会社の命名式に呼ばれた。矢沢教授もである。

会社の名前を発表するのだという。

三人の代表者による合議制だとある。

城戸秀明
岡田光長
小松かおり
の三人の名前があった。

創立者の名前も三人である。

城戸雅明
岡田光一郎
小松正之
三組は、同じ姓だが、十津川の受け取った案内状には、関係は、書かれていない。

十津川と矢沢の他に招待されたのは、区長と、同業者と、わずかな人数だった。

しかし、案内状をよく見ると、創立者三人の名前には、全て小さく故の印がついていた。

あれから、全員が亡くなったのだ。

少い招待客の代わりに、新しく採用された地元の工員、おじさん、おばさんが、三十人集まっていた。

いよいよ命名式が始まった。

と、いっても、工場の入口に、ブルーの布でかくされたものが、現れるだけである。

十津川は、名前に、興味を持った。どんな名前をつけたのか。

三人の名前の頭文字を並べたのではないかと、思ったのだが、看板の文字は、

「銀河社」

だった。

何となく、納得できる名前でもあった。

二時間足らずで、命名式が終了して、帰りには、全員に、おみやげが渡された。


「組立式　銀河」


と、ボール箱に書いてあった。

(中から出てくるのは、多分、SL銀河だな)

と、十津川は思った。

岡田光長が、ボール箱をあけた。

しかし、中から取り出したのは、木造の黒い乗用車だった。

「てっきりSL銀河だと思ったのに、予想が外れました」

と、十津川が、いうと、
小松が、ニッコリして、

「これ、組立式なんです」

「ええ」

「SL銀河にもなるんです」

小松は、器用に、乗用車を、バラすと、今度は、それを、手早く組み立て直していく。

たちまち、SL銀河が現れた。

「こうなると、海軍爆撃機『銀河』にもなるんでしょうね」

と、矢沢がいうと、小松は、また、ニッコリして、SL銀河を崩していき、それを『銀河』に組み立て直していく。そのあと、
あっという間に、爆撃機が、現れた。

十津川は、感心して見ていたが、矢沢は、意地悪く、

「木造組立式もいいですが、今の子供は、AIに慣れているから、AIのオモチャに販売で負けるんじゃありませんか」

と、いった。

今度は、岡田が、ニッコリした。

「実は、将来のＡＩオモチャの時代を考えて、ＡＩ銀河も設計して、既存のオモチャ会社に作って貰ったんですよ」

と、いい、奥から、ひと回り大きい箱を持ち出した。

そこから、取り出したのは、黒塗りのスポーツ・カーだった。

こちらは、木造ではなく、プラスチック製である。

岡田が、リモコンのスイッチを入れた。

とたんに、軽快なマーチが流れて、ライトが点滅する。

長さ四十センチくらいのスポーツ・カーである。

見守っていると、スポーツ・カーのボディが、三つに割れ、両側は翼になり、二つのライトが、双発のエンジンに変っていく。

海軍軽爆撃機「銀河」である。

更に、それが、ＳＬ「銀河」に変っていく。

「最後は、子供の喜ぶロボットに変形します」

と、小松かおりがいい、ＳＬの車体が、変形しながら、ゆっくり立ち上がった。

巨大な二つの眼を光らせるロボットである。


区長と話していた城戸が、区長を見送って、こちらにやって来た。

三人揃って、

「われわれに、やれそうですか？」

と、きいた。

「忘れていた」

と、十津川が、いった。

「君たちは、全員、Ｎ大の物理を出ていたんだ。それなら、ＡＩのオモチャぐらい簡単に作れるな」


（おわり）

参考資料

『梓特別攻撃隊　爆撃機「銀河」三千キロの航跡』（神野正美、光人社）
『天皇と特攻隊　送るものと送られるもの』（太田尚樹、潮書房光人新社）
『特攻隊振武寮　証言・帰還兵は地獄を見た』（大貫健一郎・渡辺考、講談社）
『太平洋戦争　封印された闇の史実』（平塚柾緒他、ミリオン出版）
『特攻この地より　かごしま出撃の記録』（南日本新聞社）
『特攻隊員の手記を読む』（北影雄幸、勉誠出版）

※この作品は書き下ろしです。
※本作品はあくまでも小説であり、
この作品に描かれていることはすべてフィクションです。

N.D.C.913　228p　18cm

定価はカバーに表示してあります

SL《エスエル》銀《ぎん》河《が》よ飛《と》べ!!

二〇二一年五月十七日　第一刷発行

KODANSHA NOVELS

著者—西《にし》村《むら》京《きょう》太《た》郎《ろう》

発行者—鈴木章一

発行所—株式会社講談社

東京都文京区音羽二-一二-二一

郵便番号一一二-八〇〇一

編集〇三-五三九五-三五〇六
販売〇三-五三九五-五八一七
業務〇三-五三九五-三六一五

本文データ制作—講談社デジタル製作

印刷所—豊国印刷株式会社　製本所—株式会社若林製本工場

ISBN978-4-06-522914-9

KODANSHA NOVELS

講談社ノベルス

魔法は、もうはじまっている！
新本格魔法少女りすか2 西尾維新

魔法は、もうはじまっている！
新本格魔法少女りすか3 西尾維新

魔法は、もうはじまっている！
新本格魔法少女りすか4 西尾維新

最早只事デハナイ想像力ノ奔流！
ニンギョウがニンギョウ 西尾維新

西尾維新が辞典を書き下ろし！
ザレゴトディクショナル 戯言シリーズ用語辞典 西尾維新

原点回帰にして新境地
少女不十分 西尾維新

最長巨編！
悲鳴伝 西尾維新

新たなる伝説の幕開け
悲痛伝 西尾維新

生き延びれば、それだけで伝説
悲惨伝 西尾維新

人類は、絶滅前に自滅する
悲報伝 西尾維新

英雄には、作れない伝説もある
悲業伝 西尾維新

秘められた真実なんて、ない
悲録伝 西尾維新

空々空の英雄譚、新たなる展開へ！
悲亡伝 西尾維新

戦争はここからが佳境
悲衛伝 西尾維新

空々空の冒険譚、クライマックスへ！
悲球伝 西尾維新

きみは呼ぶ。この結末を「伝説」と。
悲終伝 西尾維新

《最強》シリーズ、開幕！
人類最強の初恋 西尾維新

《最強》シリーズ、第二弾！
人類最強の純愛 西尾維新

《最強》シリーズ、第三弾！
人類最強のときめき 西尾維新

《最強》シリーズ、完結！
人類最強のsweetheart《スイートハート》 西尾維新

15人の絵師による豪華挿絵を収録！
りぽぐら！ 西尾維新

神麻嗣子の超能力事件簿
念力密室！ 西澤保彦

神麻嗣子の超能力事件簿
夢幻巡礼 西澤保彦

神麻嗣子の超能力事件簿
転・送・密・室 西澤保彦

神麻嗣子の超能力事件簿
人形幻戯 西澤保彦

神麻嗣子の超能力事件簿
生贄《いけにえ》を抱く夜《よ》 西澤保彦

神麻嗣子の超能力事件簿
ソフトタッチ・オペレーション 西澤保彦

書下ろし長編
ファンタズム 西澤保彦

著者初の非ミステリ短編集
マリオネット・エンジン 西澤保彦

京太郎ロマンの精髄
竹久夢二殺人の記 西村京太郎

2021年10月リニューアル！

まったく新しい形で
みなさまにお届けします。
超豪華ラインアップを
お楽しみに！
※2021年4月、8月は休刊いたします

メフィスト

メフィスト賞募集

京極夏彦さんが先鞭をつけ、森博嗣さん、西尾維新さん、辻村深月さんなどミステリー、エンターテインメントの異才を世に送り出してきたのがメフィスト賞です。2019年は『線は、僕を描く』、2020年は『法廷遊戯』と新人のデビュー作が大ヒットを記録しました。編集者が直接選び、受賞すれば書籍化を約束する唯一無二の賞は新しい才能を待っています。

「メフィスト」の最新情報ならびに
「メフィスト賞」応募についてはこちらから
https://tree-novel.com/author/mephisto/